玉蘭花

鄭清文短篇小說選

②

鄭清文 著
Tzeng, Ching-Wen

麥田文學 198

玉蘭花：鄭清文短篇小說選 2

作　　者　鄭清文
責任編輯　胡金倫

版　　權　吳玲緯　蔡傳宜
行　　銷　艾青荷　蘇莞婷
業　　務　李再星　陳玫潾　陳美燕　馮逸華
副總編輯　林秀梅
編輯總監　劉麗真
總 經 理　陳逸瑛
發 行 人　涂玉雲

出　　版　麥田出版
104台北市民生東路二段141號5樓
電話：(886)2-2500-7696　傳真：(886)2-2500-1967
發　　行　英屬蓋曼群島商家庭傳媒股份有限公司城邦分公司
104台北市民生東路二段141號11樓
書虫客服服務專線：(886)2-2500-7718、2500-7719
24小時傳真服務：(886)2-2500-1990、2500-1991
服務時間：週一至週五09:30-12:00・13:30-17:00
郵撥帳號：19863813　戶名：書虫股份有限公司
讀者服務信箱E-mail：service@readingclub.com.tw
麥田部落格：http://ryefield.pixnet.net/blog
麥田出版Facebook：https://www.facebook.com/RyeField.Cite/

香港發行所　城邦（香港）出版集團有限公司
香港灣仔駱克道193號東超商業中心1樓
電話：(852) 2508-6231　傳真：(852) 2578-9337
E-mail：hkcite@biznetvigator.com

馬新發行所　城邦（馬新）出版集團【Cite(M) Sdn. Bhd. (458372U)】
41, Jalan Radin Anum, Bandar Baru Sri Petaling,
57000 Kuala Lumpur, Malaysia.
電話：(603)9057-8822
傳真：(603)9057-6622
E-mail：cite@cite.com.my

印　　刷　一展彩色製版有限公司

初版一刷　2006年06月

定價／260元
ISBN：986-173-073-7

城邦讀書花園
www.cite.com.tw

香花與福爾摩沙
——鄭清文的台灣女性小說[1]

蘿司・史丹福（Lois Stanford）
林鎮山

一 前言

鄭清文是最善於說故事的高手之一。他的短篇小說是一面面小巧、閃亮、高懸的明鏡，照映出台灣四個世代人物的生存情境。在這部《玉蘭花：鄭清文短篇小說選2》選集中，我們精選出十三篇以女性爲焦點的短篇小說，特別用以照映：台灣女性在騷動、遽變的社會裡，多面向的生命圖像，及其所扮演的角色。鄭清文所創造的獨到的語言、令人難以或忘的箇中人物，以及故事所發生的場景——例如，栩栩如生的舊鎮、台北都會、及其鄰近的鄉間——凡諸種種，織就了一篇篇小說，燒鑄於我們心中，恆久，不去。

在作品中，鄭清文精準地記述他箇中人物的喜、怒、哀、樂、心緒，與執念，爲我們展示：舊鎮／新莊／都會生活的變遷——其多維面的周遭，及其加諸於箇中人物的制限。他深刻洞察原鄉人物的心靈感知，卻往往輕描淡寫、運用神似簡易樸實、卻又寓意深遠的敘述，來敷演鄉人／

市民的情感身世。而穿插其間的——在在皆是：他自己一路走來，見證過的一頁頁台灣的滄桑史。因此，我們當然也需穿梭來往於歷史台灣斑剝的時空軌跡，回首、前瞻、閱讀。

二　鄭清文的文學之路：「人有願望，人有理想、人有信念」[2]

根據鄭清文（一九三二—）的文學往事追憶錄自陳：他出生於日據時代、殖民時期（一八九五—一九四五）的桃園鄉下，一個佃農之家。田地開始是租來的，由他大哥耕種，生父還去過金瓜石挖礦。滿一週歲，他就過繼給母舅收養。小學讀的是日本的公學校。緣由於他住在鄉間，他坦言：「說日語的機會少，看日本書的機會更少，所以，學到的日語其實並不算什麼。[3]」上了中學之後，日本早已經發動太平洋戰爭，美軍空襲頻仍，停課多於上課。當時的教程，因是日本帝國主義擴張的共犯結構，不免裂變、以至於零落。此外，學生也常遭日本海軍徵用、勞役[4]。凡此學府生涯，點點滴滴聲影，都一一在這部選集的故事中迴盪、再現。例如，〈蛤仔船〉的敘述者就敷述了：他們的學程緣由於受到強迫勞役，時而戛然中斷。

至於，戰後一元化的華文制式教育，自然也沒能給予他更多的開悟。只有執政黨的「迎風戶半開」政策，所引進的西潮、美雨、東洋風，日後，才給了他思考的啓發，擴展了文學的視界。於是，在台大商學院就讀期間，爲了能夠廣泛閱讀英文／原文／譯文的世界名著，他孜孜矻矻研習英文、日文，與法文，又進一步苦讀域外大師，例如，果戈里（Nikolay V. Gogoli, 1809-

1852）、屠格涅夫（Ivan S. Turgeniev, 1818-1883）、杜思妥也夫斯基（Feodor Dostoyevski, 1821-1881）、托爾斯泰（Leo Tolstoy, 1828-1910）、契訶夫（Anton P. Chekhov, 1860-1904）、福克納（William Faulkner, 1897-1962），與海明威（Ernest Hemingway, 1898-1961）等等文學大師的經典名著，特別是契訶夫與海明威的啓示[5]，在鄭清文自己近乎濃郁、詩化、簡潔的創作中，以福爾摩沙的言說特質，浴火重生、風華再現。

爾後，他有如飛鳥歸鴻，扎根故土，勉力創作，自我經之營之，開花、而結成一棵文學的生命樹。由是，今日的鄭清文可謂是：卓爾不凡、立足鄉土、胸懷世界，並與國際接軌的台灣小說家的代表，也是海洋台灣容納百川的表徵。

自從他的第一篇作品〈寂寞的心〉，於一九五八年刊出以還，四十八年來，他精準但樸拙的原鄉述寫，已經爲他贏取了如潮的佳評，以及無數聲譽卓著的獎項，其中，犖犖大者，諸如台灣最重要的吳三連文藝獎（一九八七）、時報文學獎（一九九三）、巫永福文學評論獎（二〇〇一），以及新近的國家文藝獎（二〇〇五）。而他的短篇小說英譯本《三腳馬》（*Three-Legged Horse*），也於一九九九年十一月，爲他獲得美國文壇最重要的桂冠之一——「桐山環太平洋書卷獎」（Kiriyama Pacific Rim Book Prize）。由是，鄭清文的創作美學，備受全球學界的矚目。

如今，批評家莫不美稱鄭清文爲台灣的「鄉土作家」。畢竟，他大多數的傑作，例如本選集中的諸多故事，都不免寫實地敷演著劇力萬鈞的鄉野傳奇、新莊紀事，而且他一向執意運用最精確、樸稚的鄉土語言敘事，一如墾荒的儉樸山林中人。即使故事背景踅回當今他所滯居的亮麗台北都會，他也堅定不移、拒絕華麗藻飾。如此刻意經營的用字遣詞，在在流露出他為自己的文學論述所抉擇的書寫位置。然而，饒有興味而又值得我們關注的是：他中譯契訶夫短篇小說選集《可愛的女人》（*The Darling*, 1898）[6]，譯文卻是亦步亦趨、忠於契訶夫原著。特別是他精心選輯、用以翻譯演述的文字，不但雍容華貴，尚且句句曲折、變化繁複，暗潮洶湧疊起，可謂令人刮目相看。據此，我們必須辯議：他所堅持的創作／美學原則，恐怕是回歸樸實的規範準則。

然而，當我們進一步細察、解構他作品中的主題與敘述策略，卻可以發現：其實，他的小說世界，繁複不只於此。畢竟，他所關懷的主題，事實上，從不局限於鄉土，而美學形式，也絕不輕易受到傳統說書的限制。相反的，雖然，文學上，他曾經受過童稚時期鄉村舞台劇／出租書舖的連環漫畫書的啓蒙[7]，但是，就主題與敘述策略的建構而言，其實，他後來最受西方小說敘事的感召與啓悟。

依據鄭清文的自我陳述，「生活、藝術、思想」，於他，即是文學殿堂的極致[8]。於是，溯自大學時代以還，追星趕月的文學之路，似乎就是他一生的使命／任務。他時常感慨：於走過的來時路，日本人最善於記載，即便是在戰場上，都能在俘虜、陣亡的兵士的口袋裡，找到深藏其中的記事簿。然而，遺憾、可嘆的是：台灣人何其不同！[9]正因為對出生、成長的鄉土，心存一分深情的眷顧，他雅不願意看到時間流淌過去，卻讓頁頁的歷史留白。職是之故，他執意以美學原則，勉力建構小說、又自然又眞實地刻畫原鄉的生命眞相。他說：「我寫我熟悉的人與事，也寫我熟悉的一草一木。我很重視細節的正確性和豐富性。我也常以這種方式表達我對人生社會和時代的看法。我很想寫那個時代，那一些人。[10]」因此，他的小說正是「生活、藝術、思想」最完美的結合。於是，在他的文學探照燈下，篇篇的作品就反映著他所看到／洞察的故鄉。

他最受矚目的格言之一就是：「人有願望，人有理想、人有信念。人必須走到更遠的地方，去看更高大的山。[11]」職是之故，文學即是他的麥加，便是他矢志苦旅、攀爬的高山。於是，他從國立台灣大學商學院畢業之後，雖然，終生以銀行家的身分朝九晚五，以至於最終退休，然而，文學，果不其然，卻是他情感身世、心靈感知的原鄉，導引著他一路走來、無怨無悔、堅定不移。

三　鄭清文小說的特質：「人能看到不幸，才能看到了生命」[12]

正如本書中深具說服力的故事所顯示，鄭清文的小說，其最基要的特質之一，就是對於貧窮、無辜，不幸，以及被邊緣化的人物——賦予無盡的關懷與同情。在《玉蘭花：鄭清文短篇小說選2》這本選集裡，他以惻隱之心，敷述〈夜的聲音〉中，陷於貧病交迫的礦工家庭，〈蛤仔船〉中，有福師的畸零人遭遇，以及〈贖畫記〉中，藝術家的無辜受困，凡諸種種，族繁不及備載。

此外，鄭清文極爲尊重生命，他認定：所有的生命一律平等，不論年齡、族裔、性別，甚至於魚類，都應該受到同等的對待。他質問：生命，哪能分大小？這個主題在〈放生〉裡，有著相當動人的演述[13]。而我們所居住的地球，既然只有一個，應慶幸生爲地球人的福氣，他主張：保護環境、珍惜有限的資源，甚且我們「應該致力改善人與人之間的關係，增加更多人的幸福。」[14]因此，園景，在〈來去新公園飼魚〉與〈相思子花〉中，也有生動的敷述。至於，人與人之間的轇轕互動，他希望透過合作、體諒，與和諧，最終達到相互的寬容及和解[15]，〈堂嫂〉與〈我要再回來唱歌〉的圓滿結局就是貫徹這項主張的一個實例。以他小說中的同情心與同理心而言，據鄭清文謙虛地自我回憶，其實，頗受契訶夫中晚期作品的感召[16]。以此觀之，鄭清文令人神往的諸多故事，實是有意促進世人、世界文學與文化，向上提升，而不是向下沉淪。這豈非都是東西方重要的文學大師，夕惕若厲、依循追求的終極使命？

就刻畫女性人物而論，鄭清文、白先勇、與台灣的元老作家／文學批評家葉石濤，都受文學朋友公認爲最出類拔萃的小說家。鄭清文雖無意於以女性主義者自許[17]，卻成就斐然。他以樸實的美學原則所經營出來的書寫女性的小說，其實，演繹著普世都崇敬的人文主義，標誌著韋恩·布斯（Wayne Booth）所倡議的「慈悲爲懷、寬宏大量」[18]。諸如此類的價值觀與規範準則，自然放之四海而皆準、置諸廟堂而毫不遜色。

事實上，在這部《玉蘭花》選集中，鄭清文爲近年來的台灣小說，創造了一系列最引人注目、最令人難忘的女性鄉親，例如，〈我要再回來唱歌〉中，渴望高歌一曲的天才阿媽，〈相思子花〉中，可愛、寬容、笑嘻嘻的鄉下姑娘阿鳳，〈局外人〉中，詭譎的二嬸婆與頻受運命播弄的母親，凡此種種，無疑的，顯示著鄭清文最善於捕捉正在迅速消逝於人們記憶中的——那經濟奇蹟與民主蛻變、撲天蓋地、全面席捲台灣之前——的原鄉。其他，像〈女司機〉中的秀貞，〈贖畫記〉中的疾梅，或是〈來去新公園飼魚〉中的老夫妻，都爲我們一一展現：在那些黑暗的時日，在那個急遽而有時又鮮血淋漓的興衰遞嬗時代，她們英勇的掙扎。

鄭清文的舊鎭／都會女性鄉親，對她們所處的社會周遭情境，固然能夠聽音辨位，不過，她們的反應卻是大異其趣。在〈龐大的影子〉中，年輕的女主角白玉珊，與男主角許濟民是個全然的對比，她悍然拒斥權勢、金錢的誘惑，謝絕爲了飆取快速升遷，而糟蹋自己的靈魂與尊嚴。在〈堂嫂〉中，溫順的女性，敘述者「我」與女主角堂嫂，總是寬和、盡責，念茲在茲，善盡一己分內的職責。相反的，阿春嫂卻爲了忠於自我、追尋新生與身分的認同——與當令的社會現實習性相悖，被掃地出門，畢生含辛茹苦、歷盡劫毀，讓舊鎭鄉親驚心、震撼不已。

四　超然、冷雋、客觀的敘述策略：「避開作者是全知全能的神」[19]

然而，我們也不應該就此認定：鄭清文只是善於刻畫女性的主角而已。其實，他的才華又展示在他一篇篇的小說中，總不時生靈活現地蹦現出扮演著紅花／綠葉角色的福爾摩沙鄉親，例如，〈玉蘭花〉中，爲故事展開序幕的建築公司的代表，他精明、而又談吐飛快，令人印象深刻，然而，他在文本中只出現了一個半頁而已；此外，在〈贖畫記〉中，那個畫商／敘述者，緣由於他對藝術家疾梅的悲運、以及對她獨異畫作的關懷，他內在的慈愛、敏銳的情性，就隨著故事的推展，而逐漸浮現出來；又如，〈來去新公園飼魚〉中的福壽伯，他不能像福壽姆那樣，爲失去兒子，公然流露出哀傷，「因爲他是安慰人的人。[20]」這些次要的角色／陪襯的人物，於我們讀完小說、掩卷、擱下之後，竟然，依舊還在我們左右，徘徊、長相隨。

鄭清文的作品往往透過一個單一的焦點，由一個居於邊緣的男性視點人物、敘述者「我」，冷雋、客觀、而極有效率地來銘刻、見證，述寫一系列最引人注目的女性人物，例如，〈蛤仔船〉、〈局外人〉。他也特別偏好透過第三人稱、啓用單一的箇中人物爲意識的焦點，讓故事靜悄悄、又客觀地自動敷演、展示，〈女司機〉、〈夜的聲音〉這兩篇作品，就是最突出的範例。饒有興味而又值得我們注意的還有：這部《玉蘭花》選集中，幾乎半數的故事，都是以男性人物——作爲意識的焦點，或者晉用敘述者「我」來陳述。只有〈堂嫂〉是啓用女性的敘述者「我」來敷述。即然如是，這些卻全然盡是有關女性的故事。

運用如此嚴格的單一焦點來操控，鄭清文成功地在一篇篇的小說中，不著痕跡、卻又神妙地創造：緣由於理解差距所營造出、穿插於其間的一絲絲刻意的反諷，藉此，極其靈巧地召喚起讀者，對於箇中人物的廣泛同情。於是，不若泛泛之輩的男性——他們或行當有虧，例如〈相思子花〉與〈局外人〉中的敘述者，然而，鄭清文所銘刻的這些女性鄉親，相反的，總是堅毅無懼、義無反顧，邁向前行，冒險投入灰撲撲的未知，凡此，在在指向她們的愛心、溫情，與母儀德性。類此，最清楚不過的箇例就是〈玉蘭花〉、〈贖畫記〉，與〈女司機〉。只是，這些女性鄉親，雖然寂寥清冷、落拓風塵，卻依然常保清香襲人，這在其他的故事中，亦是一以貫之、總有脈絡相循。間中，〈玉蘭花〉（一九八一）中的母親一角，就是最貼切的典範。

五　香花與福爾摩沙：「促進理解和合作」21

〈玉蘭花〉裡的故事主線，主要是敷演一則「平房退出、高樓進場」的台灣社會——都會化——最無奈的變遷情境。由是，母親房前的玉蘭花樹，於擴建風尚、潮起雲湧之際，自然也要面對遭受砍除的運命。同時，故事的副線則演述：父親瀕臨死亡，提出與多年不曾謀面的兒子、面會、告別的急切懇求。於是，父與樹，兩副生命，即將消逝的惘惘威脅，自始至終，力透紙背。點頭、搖頭，生死一線，都在母親一念之間。

此際，筆鋒一轉，故事開始回溯，引導我們穿過來時路，追訴原來多年之前，父親早已由於墮入無法逆轉的婚外情事，背叛、棄家於不顧。職是之故，姊姊與弟弟，全賴母親，從房前的玉蘭花樹，朝朝摘下香花，步上台北街頭，拋頭露面，販賣玉蘭花維生，照顧，方得以長成。故事就以弟弟清河的意識為焦點，強而有力地展開、敷演，鋪述全家所遭遇的運命與困境。其間，他／她們堅毅地向上提升，要牽動多少辛酸的劬苦記憶？福爾摩沙的玉蘭花又俗稱香花，一家的生計，多年來，竟然，自始自終，全恃馨香一縷、綿邈飄逸來維繫。

故事的轉捩點是：老弱的母親，蹲在台北火車站前的地下街賣花之際，忽而望見一個老伯伯，搖搖欲墜地踅過來。然而，此刻，人來人往，如潮，竟然無人理會、同情。母親不禁站起，過去攙扶他，協助他爬出地下道的梯階，指點他、讓他步向他自己的至終去處。面對著很快就要消失在地平線上的生命：老伯伯、父親，與玉蘭花樹，作爲棄婦的母親，最後決定：讓兒子帶去幾朵香花，以「慈悲爲懷」、「寬宏大量」去爲父親送別，並且終於向兒子點明：「那兩棵玉蘭花樹原是當年你父親與我合種。」時過境遷、韶光已逝，再會了，香花！艾略特（T. S. Eliot）所謂的「寓情於景」（objective correlative），鄭清文還眞是高手。

基進的諸多（女性主義）讀者，或許要怨懟鄭清文，對不義、棄家的父親悲憫的同情，將會是一種「以德報怨」吧？如然，「何以報德」？然而，在書寫女性的小說中，鄭清文所堅持、應該賦予任何人的寬容、悲憫，與同情，卻是：不分性別（〈夜的聲音〉、〈堂嫂〉）、族裔（〈贖畫記〉），與世代（〈阿春嫂〉、〈我要再回來唱歌〉）。而且，很明顯的，一如葉石濤和世界上最重要的作家，於他，人文主義的位階，其實，是高於任何主義的。所以，在鄭清文的小說中，馨香一縷的香花／玉蘭花是福爾摩沙至高的規範準則之表徵。

註釋

1 本文原係林鎭山與蘿司・史丹福教授（Professor Lois Stanford）以英文撰寫的〈導言〉，收入兩人精選翻譯的*Magnolia: Stories of Taiwanese Women by Tzeng Ching-wen*（Santa Barbara, California: The Center for Taiwan Studies, University of California, 2005）選集。由於台北麥田出版即將於二〇〇六年出版中文版《玉蘭花：鄭清文短篇小說選2》，於是，〈導言〉由林鎭山翻譯成中文，現在以〈香花與福爾摩沙〉爲篇名，並另加副標題，以爲引介。蘿司・史丹福教授是美國史丹福大學的文學士與碩士、語言學碩士、布朗大學語言學博士，歷任加拿大雅博達大學語言學教授、系主任、雅博達大學副校長，現任加拿大與美國語言學會會長（Linguistic Association of Canada and the United States），雅博達大學榮休教授。

2 鄭清文，〈偶然與必然——文學的形成〉，《鄭清文短篇小說全集．別卷：鄭清文和他的文學》（台北：麥田，一九九八），頁一六。

3 林鎮山訪問，江寶釵整理，〈「春雨」的祕密——專訪元老作家鄭清文（上）〉，《文學台灣》第五二期（二〇〇四年十月），頁一二七。

4 鄭清文，〈偶然與必然〉，頁一。

5 鄭清文，〈偶然與必然〉，頁一〇—一二。

6 鄭清文，《可愛的女人》（台北：志文，一九七五）。

7 林鎮山訪問，江寶釵整理，〈「春雨」的祕密（上）〉，頁一三三—三四。

8 鄭清文，〈偶然與必然〉，頁一六。

9 鄭清文，〈偶然與必然〉，頁一六。

10 鄭清文，〈偶然與必然〉，頁一六。

11 鄭清文，〈偶然與必然〉，頁一六。

12 鄭清文，〈新和舊——談契訶夫文學〉，《小國家大文學》（台北：玉山社，二〇〇〇），頁一一九。

13 鄭清文，〈放生〉，《鄭清文短篇小說全集．卷六：白色時代》（台北：麥田，一九九八），頁二六一。

14 引自鄭清文，〈二〇五〇年〉，《小國家大文學》，頁二七四。

15 鄭清文，〈二〇五〇年〉，頁二七五。

16 鄭清文，〈新和舊〉，頁一一八。

17 葉老是台灣文壇上，以女性主義者做自我鞭策、期許的重要的作家之一。參考葉石濤，〈一個feminist的告白〉，《女朋友》（台中：晨星，一九八六）。

18 Wayne C. Booth, *The Rhetoric of Fiction* (Chicago: University of Chicago Press, 1983), pp. 72.

19 在小說敘事上，「避開作者是全知全能的神」，那種敘述策略，是鄭先生一向自我的警示，引自林鎮山訪問，江寶釵整理，〈「春雨」的祕密——專訪元老作家鄭清文（下）〉，《文學台灣》第五三期（二〇〇五年一月），頁九六。

20 鄭清文，〈來去新公園飼魚〉，《鄭清文短篇小說全集．卷五：秋夜》（台北：麥田，一九九八），頁二〇〇。

21 原文是「現在人類應該反省如何減少爭端……地球是越來越小了，摩擦和爭鬥也更容易發生。現在的課題是如何減少這些摩擦和爭鬥，用那些力量來促進理解和合作。」引自鄭清文，〈二〇五〇年〉，頁二七五。

目次

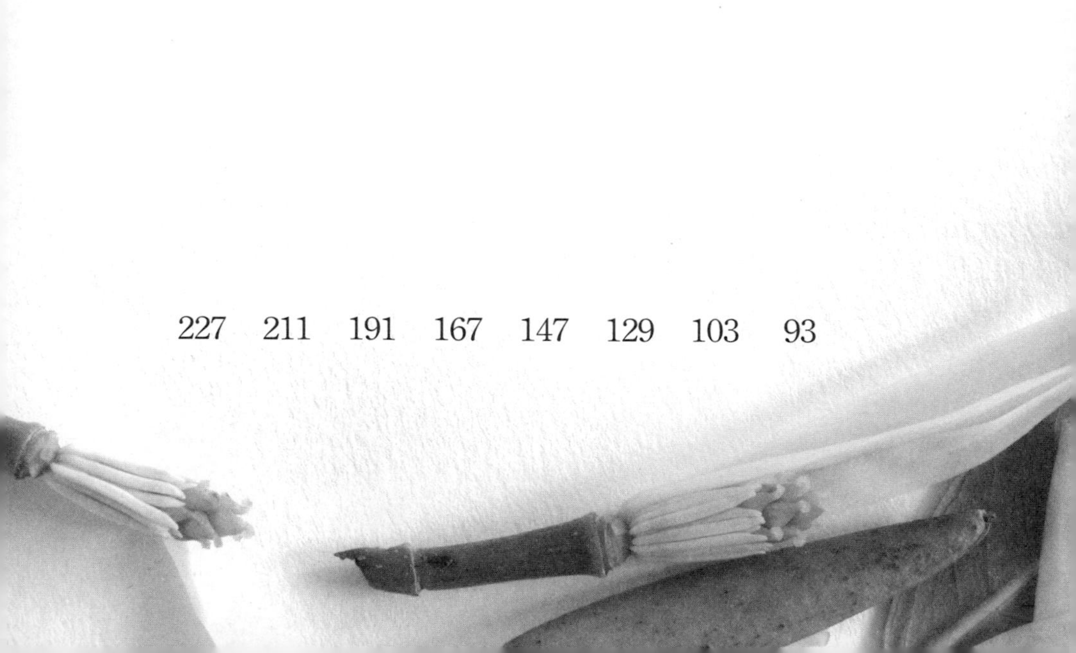

玉蘭花

「眞的，現在改建最合算，隔壁的兩邊都已同意了，三家一起蓋，又方便，又經濟。我可以讓你抽一樓和二樓。現在，已經沒有人出這麼好的條件了。我再送你外國製的壁紙，給你鋪櫸木地板。你知道，現在都是用塑膠地磚的了。除了這以外，我再送你全套廚房設備，包括瓦斯爐和抽油煙機、浴槽、馬桶、開關、水龍頭，都是用最好的。你不再考慮一下嗎？」建築公司的人，一早就來，不知把同樣的話說過多少次了。

「我已考慮過了。只要你們能不動那兩棵玉蘭花，我就可以馬上答應。」林清河望著外面，玉蘭花的葉子，在窗上搖曳著。

院子裏，除了那兩棵玉蘭花以外，還長著一棵變葉樹，幾棵杜鵑花和一些雜花雜草。

「不動那些玉蘭花是不可能的。你抽了一樓，一樓還有十幾坪的空地，你們可以重新種。」建築公司的人，把菸灰彈了一下，拿起香菸猛抽一口。

「那是不同的。」林清河也說過好幾次了，這一次卻沒有說出來。

「那些玉蘭花那麼重要嗎？」對方把嗓子抬高。「以前，我們曾經把整個假山都剷平了。現在，誰不蓋大樓，住大樓呢？」

林清河依然沒有回答。他知道那兩棵玉蘭花，是母親親手種植的。他就是把這些話告訴對方，對方就能瞭解嗎？

其實，他自己可說是和那兩棵玉蘭花一起長大的。他還記得，小時候經常爬到樹上，幫母親摘花，一起到火車站去賣花，有時候沒有賣完，他也會把剩下的花放在枕頭邊，或放在口袋裏，上學的時候，有些同學聞到香味，還笑他學著女孩子灑香水。

「這樣好了，我再送你一只水晶吊燈，又豪華、又美觀，價值不下三萬元。但只送你們一家，你不能說出來，怎麼樣？」

「我已說過，問題不在這裏。」

「以後，你如自己蓋，要多暨兩邊的牆壁，你知道要多花多少錢？而且房子也小了，外觀又不一致，現在一起蓋，多好看。你再考慮一下吧。」

林清河又提起那兩棵玉蘭花，建築公司的人倏地站起來，正想再開口，卻把香菸咬在口裏，拿起安全帽，快快地走了出去。

建築公司的人一走，妻就從裏面出來。

「剛才玉眞怎麼說？」林清河說。

「她一直哭著，說爸爸已不能說話了，張著嘴巴，卻沒有聲音，只是喉嚨一直有痰在咕咯著，從嘴型，好像在叫阿河。」

「……」

「你不去？」

「我不能去。媽媽不同意，我不能去。」

「媽媽會同意嗎？」

「不會。」

「你如不去，可能見不到他了。」

「……」

「你去一下，媽媽也不會知道。」

「不行，媽媽就是不知道，我也不能去。我不能欺騙媽媽。」

「這也不算欺騙。」

「不行。」

「姊姊怎麼說？」

「她說她看我。我去她就去，我不去，她也不去。」

「鈴……」

妻正伸手過去，林清河卻比她更快。

「喂！」

「哥哥！爸爸快死了！你眞的不來？」玉眞一邊說，一邊哭，連話都說不清楚了。

玉眞是林清河的異母妹妹。父親就是爲了玉眞的母親，才丟下林清河母子的。

「哥哥，爸爸好像一直在叫你，你再不來，就看不到爸爸了！」

林清河一聽，眼眶也紅了。父親拋下家庭的時候，他還不到滿歲，以後就一直沒有見過面。他對父親，可說完全沒有印象。自父親走了之後，母親就一直沒有提起過父親，也不准人家提起。現在，父親就要死了，現在不去，以後就再也見不到他了。但他不能去，除非母親答應他。

玉眞，他是見過的。以前，玉眞曾經打電話到辦公室找他，告訴他父親生病的情形，說父親一直想見他一面。以後，她還去辦公室找過他。

他把玉眞去找他的事告訴母親，說父親生病很重，恐怕不久人世了。

第一次，母親只是默不作聲，臉上也沒有什麼表情。

「媽媽，我可以去看他一下嗎？」

「可以。可是，你要知道，你有父親，就沒有母親。」

他從來沒有看過母親這樣子。她的臉色蒼白而冰冷，像一尊雕像。她緊抿著嘴，眼睛忽然閃著一種奇異的光。

「媽，我不會去。」他拉著母親的手說。

「他是你的父親。」

「可是，我只有母親。」

「你不再打電話跟姊姊商量一下。」妻又說。

「沒有用。」

「那怎麼辦？」

「我去找媽媽。」

「媽媽會答應嗎？」

「她不答應，我就不去。」

「可是，你去哪裏找她？」

「火車站。我知道她在什麼地方。」

林清河叫了一部計程車趕到火車站對面的館前路。今天是星期天，天氣也很晴朗，火車站前面館前路一帶，不管是走廊、人行道或廣場，全都是人。一堆一堆的年輕人，聚在一起，從他們的打扮，可以看出他們正要去登山或郊遊。

他走到地下道的入口。地下道的入口，已經擠成一個瓶頸。他知道母親在火車站附近，但他如何去找到她呢？

他跟著人潮，從地下道的入口，一步一步慢慢地下去。有些人，等不及的，從左側奔了下去，正好和對著面上來的人撞在一起。

他走到地下道，從館前路走向火車站，在走動的人縫間，遠遠地看到母親，蹲在從中央日報那邊下來的彎角。那裏還有其他的人，好像是賣玩具的。

母親把竹籃放在前面，用鐵絲把兩朵或三朵玉蘭花串在一起。母親的對面，有一面大鏡子。母親沒有看到他。他順著另一側的牆邊走過去。他覺得，實在沒有辦法向母親開口。

他走過去，又走回來。母親還一直蹲在那裏，一心一意地串著玉蘭花。她的視力已比以前衰退了。在家裏，她要穿針線，都要叫媳婦或孫子幫忙。

母親蹲在那裏，除了白色的頭髮，什麼都顯得那麼小，好像她這個人，只有那一頭白髮似地。

以前，母親都在地上賣。也許年紀大了，怕太陽、怕風雨，所以就跑到地下道裏來了吧！上面，就讓那些年紀輕一點的，腳步比較健敏的去兜售了。那些人，常常在紅綠燈的地方，看看車子停下來，就趕快湊上去。聽說，有一個女人，還被車子撞傷了。

他走回來，走向另一個出口。他不敢向母親開口。但，他必須開口。父親就要死了，或者已經死了。他必須再問母親他能不能去看父親。

他從母親對面的梯階口登上去，走到車站前的人行道。噴水池的周圍，也聚著許多人。他看看火車站上的文字鐘，快九點半了。

人行道上，有許多年輕人在拉客。

「台中，你去台中嗎？」有人問他。

「桃園、中壢、新竹、台中，馬上開，上車就開！」

也有些人在賣水果。有的是手挽著竹籃，有的放在腳踏車上推著。

「蘋果，梨山名產，七顆一百塊！」

忽然間，有一部黑色的警車急馳而至，在人行道旁邊急停下來，門一打開，閃出三四個警察。

賣水果的小販，一看到警察，就四下奔逃。跑得快的，或推著腳踏車的，已跑得遠遠的，正回頭過來看看動靜。動作慢一點的，有的把籃子丟下，有的被警察拉住，想用手推開。

警察似乎已事先訂好了目標。也不抓人，也不追趕，把水果籃一籃一籃放到警車的後艙，連蓋子也不蓋，像來的時候那樣，急急駛回去了。

那些水果販子，又聚集過來，有的在罵警察，有的在喊倒楣。

他想到了母親。母親就在下面。母親也知道警察來過了？母親有沒有被警察抓過呢？三十多年來，母親並沒有提起被警察抓過的事。三十多年來，不論是風是雨，只要有花，母親就要出門。在三十多年的歲月中，不可能不碰到警察的吧。也許母親眞的沒有被警察抓過，也許警察不抓只提著一個小竹籃賣花的人吧。

三十多年來，母親每天一早起來摘玉蘭花。過熟的，她不摘，未熟的，她也不摘。有人告訴過她，怕過熟的，可以在前一天摘下來，放在冰箱裏，沒有賣完的，也可以放在冰箱裏，明天再賣。但母親都沒有嘗試過。

三十多年來，母親賣玉蘭花養家，把姊姊和他養大，嫁了姊姊，也替他娶了媳婦，只是她，一直守著一個原則，賣鮮花，賣好花。

林清河還記得，他小時候，玉蘭花的樹還小，產量不多，買花的人也少，收入有限，家裏非常清苦，好幾天都難得嚐到肉味，最好的菜是和鹽一樣鹹的鹹魚。

那時候，他和姊姊都還小。但只要放假，他們就跟著母親出來賣花。

有一次，他和姊姊跟著母親來到火車站。那時候，計程車還不普遍，還是三輪車的時代。他們在三輪車等客的地方等著，看有人叫車，就跑過去問客人要不要花。客人坐上三輪車，還在掏錢，車夫就把車子踩走了。

「追！」母親一喊，姊姊就追了上去。客人一邊掏錢，姊姊一邊奔跑，突然間，姊姊整個人跌倒在地上，花也撒了滿地。那一次，姊姊的膝蓋擦破，沒有做適當的醫治，竟爛了一大塊，現在，在膝蓋上還留下一大塊疤痕。

現在，兩棵玉蘭花已長得又高又大，已比屋頂高出了許多，不但可以自己摘來賣，還可以批給人家，收入相當可觀。同時，姊姊和他也都已長大，家境也改善了許多，但母親還是和從前一樣，每天都要出去賣花。她說人家到廟裏行香，她到街上賣花，心情是一樣的。

他又走下去地下道。有人站在母親前面，是在買花的吧。母親把錢放下，對那個人點點頭，爾後又低下頭，繼續串著玉蘭花。

警察已經走了，會再來嗎？

母親蹲在角落裏，顯得那麼矮小。她那頭雪白的頭髮，本來梳得很整齊。每天出門之前，母親總要把頭髮一梳再梳，梳得一絲不亂，而在後腦上捲成一個髻。但現在，額頭和鬢角，已有幾根頭髮散開了。母親下意識地，伸手去把那些散開的頭髮攏一下。

他想走過去。也許，他應該告訴她警察曾經來過，並可以趁機告訴她父親快要死了。

他往前走了幾步。母親一直低著頭串著花。又有一個人走到母親面前，是一個年輕的小姐。小姐俯下身，拿了一串花，把錢放在母親手裏。今天生意還算不錯。

他再往前走了幾步。母親還沒有看到他。

「有父親，就沒有母親。」

他又想起那一句話。母親是不可能答應他的。剛好有火車到站吧，從火車站那邊，有一大群人魚貫而來。又有人在買花。他利用人群擋住母親的視線，走上通往中央日報那邊的梯階。前幾天，他曾經走到醫院的大門口。他又想起母親的那一句話。母親從來沒有對任何人和任何事埋怨過。他不敢走進醫院。

他走上梯階的時候，曾經回頭看看母親。但人太多了，沒有辦法看到母親。這一邊，也有人在賣水果。是原來就在這邊的，還是剛才在噴水池那邊的跑了過來？看樣子，他們好像還不知道警察曾經來過。警察還會再來嗎？

他走過去，又走回來。至少，他應該把警察來過的事告訴母親。但他總覺得母親很敏感，尤其是這幾天，只要她看到他來找她，一定會想到他是爲了父親的事來找她的吧！

林清河再折回中央日報的方向，迎面碰到一個老人，慢慢走過來。老人那稀鬆的頭髮已全白。他的臉色白裏帶紅，下巴的皮肉已鬆弛，眼眶紅脹，眼睛混濁無神，直直望著前方，鬍子剃得很短。像一根根銀針，嘴唇一張一合，時時露出幾顆特別長，鬆動而發黃的牙齒。他的身子，好像從腰部折斷，手和腳的搖動也配合不起來，不是手快，就是腳慢，雙腳也好像從膝部的關節鬆開一般，走起路來，把小腿往前摔出，上身也隨著搖晃一下。

老人一手扶著不鏽鋼的分道欄杆，慢慢走下地下道。行人依然很多。有些有耐性的，在他後面跟著，也有些從他身邊快步超前過去，也有些看他一眼的，卻沒有人去攙扶他。

林清河跟在老人後面，正想去攙扶他，卻又怕這一下去，必須從母親的前面經過。

爲什麼沒有人去攙扶他老人家呢？

他遠遠地跟著，看那老人走到母親面前。母親可能已把玉蘭花串好，拿著一張葉子在手裏搓著。母親喜歡搓玉蘭花的葉子。她曾經說過，在所有的花裏面，她最喜歡玉蘭花。但她更喜歡玉蘭花的葉子，那形狀，那顏色，尤其是那種似有似無的清淡的香味。母親把葉子搓一搓，放在鼻前輕聞著。

母親看到了老人的影子吧，忽然抬起頭來。她的眼睛看著他走路的樣子，身子也慢慢站起來，把手裏的葉子輕輕丟進籃子裏，走到他身邊，伸手小心地牽住他，一步一步，走到另外一邊的梯階口，扶著他走上梯階。

林清河從後面看過去，兩個老人，頭髮全都白了，頭和頭又貼得那麼近，好像是一對孤獨的老夫妻一般。當他們走到地下道出口的地方，從外邊射進來的光線，雖然不強，卻使他感到眩目。

老人的身材雖然很矮小，但是和他比較起來，母親就顯得更加矮小，也更加細瘦。母親扶助他，就好像螞蟻抬著比自己身體更大的食物一般，卻沒有螞蟻那麼輕便，顯得有點吃力，尤其是上梯階的時候。

本來，林清河也想湊前一步，但立即又停了下來。他覺得，母親一定會看透他的心。

他在兩個老人的後面跟著，默默地算著梯階的級數。十五和十五，一共是三十級。他算了兩次，看著母親的腳步算了一次，自己再踩著梯階算了一次。兩段加起來，的確是三十級。

他跟著他們走到地上，看到母親正在噴水池前的人行道上指指點點，好像在告訴那老人如何走路，如何坐車。那老人，連頭也不回，和剛才一樣，直望著前面，小腿一摔，身子一晃，搖搖擺擺地望著前方走去。

他轉頭看著火車站上的文字鐘，已十點十分了。太陽也比他剛來的時候更加灼熱。剛才那幾個被警察帶走水果的小販，還在那裏商談。他們的臉，不管是男是女，個個晒得黝黑，他還記得，從前，母親的臉，也晒得一樣黑。在三十多年之間，她是眞的沒有遇上警察的取締嗎？

母親站在人行道上，一直望著前面。前面，有另外一個地下道的入口，像一隻猛獸，張開著巨大的嘴。母親一直看著老人，走到地下道入口的背後，才長長地舒了一口氣。人行道上有那麼多的人，母親的影子卻顯得那麼孤單。

他走到母親的背後，母親正轉身過來。她的臉有點發紅，額頭上還冒著汗水。可能是年紀大了，她扶著一個矮小的老人，爬上一段三十級的梯階，就已急喘起來了。

「媽媽。」

他看著母親漲紅著的臉說。母親似乎怔了一下。但她只是默默的站著，兩隻眼睛一直看著他。她的眼睛像尖刀。她的臉雖然立即變成雕像，嘴巴卻一直喘著氣，無法閉攏。

「媽媽。」

「阿河，你是來找我的？」

「嗯。」

「他走了？」

「剛才來的時候，還沒有。」

「你還想去找他？」

「……」

「我知道。」母親把頭轉過去一半，好像要去看剛才那個老人，但立即又轉了回來。

「玉眞一直打電話來。」

「你去吧。」

「……」

「他雖然沒有養你，總算也是你的父親。」

「媽媽。」

「阿河，我說，你去吧。」

「可是……」

「叫你姊姊和你一起去。」

「可是，我不能因爲……」

「你去吧。這一次，是我叫你去的。你跟我下去，拿幾朵玉蘭花去給他。那兩棵樹，當時是我們一起種的。如他已經走了，就放在他的枕頭邊吧。」

「媽媽，妳眞的不生氣了。」

「生氣？」她回頭看看那老人去的方向。

他也順著她的視線望過去，來來去去全是人，但已看不到那老人的影子了。

「那蓋房子的又來了？」

「嗯。」

「你可以答應他了。」

「可是那兩棵玉蘭花呢？」

「可以留就留，不能留就挖掉吧。」

「可是……」

他扶著母親下去，正如母親扶著那老人上來一般。

「阿河，時間是留不住的，我們的時代已經過去了。」母親說得很平靜。「你知道嗎？」

一九八一年三月

龐大的影子

白玉珊走進辦公室，從手提包拿出化妝盒，照著鏡子把臉部的化妝修整一下，看看錶已是九點差一刻了。公司的規定是九點上班，她和往常一樣，提早了一點來。董事長平常是九點半以後才上班，有時有什麼特別的事，也會提前在九點左右來到公司。

許濟民已在這次股東會被選任爲董事，再經董事會推選爲常務董事，聽說這一、兩天就要正式上任。

許濟民在兩年前曾以優異的成績考進本公司，工作非常認眞，不到半年就升到股長。但升職不久，他突然辭職，轉到一家外國公司。

聽說，他在進公司之前，也換過幾個職業。自預備軍官退役以後，他考過七、八個公司機關，每考必中，而且每次都名列前茅。

他到外國公司以後，聽說又換了幾個地方，越換公司越大越有名，職位也越高，薪水當然也越多了。

想不到這一次他又回到公司來，職位是常務董事。在這家公司，除了身兼董事長和總經理的老闆以外，就是他的地位最爲重要，而且在看得到的將來，在董事長退休以後，那個位子就將由他繼承。

當許濟民還在公司的時候，公司裏早就傳說董事長有意招他爲婿。當然，這也只是一種傳聞，許多知道底細的人都說沒有這種可能。許濟民雖然是第一流大學畢業，畢竟是一個出身寒村的農家子弟，怎麼能和一個擁有幾千萬家財，一千多名員工的富商攀上關係呢。

另外的一批人卻說，董事長雖然在公司的經營上還能接受現代化的經營方式，但在某一些觀念上，卻仍非常保守。

因爲他只有一個女兒，他希望能招贅，希望能有一個孫子冠上自己的姓。如果這種說法是對的，他就不容易在門閥相當的子弟裏找到一個乘龍快婿。

當時許濟民是一個對象，但並不只他一個人。論人品學問和工作的熱忱，一個姓楊的和一個姓羅的也差不多，另外一個姓林的可能性更大，但是他不久就辭掉工作出國留學去了。

許濟民進公司只半年的光景，忽然調升股長，公司裏又更加傳說紛紜了。想不到這時候他突然辭職到一家外國公司。那時董事長也曾經挽留過他，並且也答應提拔他，但是由於薪水的懸殊，他還是走掉了。

白玉珊知道董事長當時確實很不愉快，甚至責罵他忘恩負義。如果當時董事長能表示招他爲婿，他當然也不會走掉的吧。當時，董事長可能還在觀察階段，不然公司裏進進出出的員工那麼多，爲什麼一個人突然辭職就大發雷霆呢？現在回想起來，好像是有意無情之差吧。

九點一刻，董事長帶了新任常務董事許濟民進來。白玉珊和以往一樣，一看到董事長就站了起來，恭恭敬敬向他道個早安，董事長也和以往一樣向她輕輕點了點頭。許常務跟在後面，也望她淡淡的一笑。

在外表上，這一笑只是一種禮貌，好像是第一次見面，也好像一個上司對屬下的親善，但白玉珊總覺得在那笑後面有什麼刺痛著她的心。

白玉珊也報以一個輕輕的微笑，在外表上，這是一個部下對上司的禮貌。她雖然想報以同樣的微笑，但卻覺得很不自然，怎麼也沒有辦法裝得那麼冷靜，當她嘴角略微鬆弛，許濟民早已轉頭過去了。她立即懊悔起來，爲什麼無端回他一笑，好像把內心剖出來給對方看了一般。不但這樣，當她剛剛牽動了嘴角，董事長突然回過頭來，望她投下冷峻的一瞥，在白玉珊的記憶裏，董事長是很少對她這樣的。

她站著目送兩人進去。

許濟民還在公司的時候，白玉珊曾經和他約會過。她曾經和他一起去過烏來。那天是假日，車子裏很擠。車到半途，突然有一個鄉下老婦人上來，手裏拎著一口舊麵粉袋，一上車就半靠在白玉珊和許濟民的座位的椅背上。她的衣服有點髒污，斑白的頭髮蓬蓬鬆鬆。那時白玉珊靠著窗邊坐，只覺得許濟民一直擠過來。原來那老農婦已坐在許濟民身邊的扶手上。

許濟民轉頭看那農婦，翻了翻白眼，但是那農婦只是裝著不知道。

「阿婆，妳年紀那麼大了，照理我應該起來讓妳坐，不過我今天身體很不舒服，請妳不要靠過來。」

聽了這一句話，那老農婦眞的站起來了。

白玉珊實在不相信自己的耳朵，但是這些話的確是許濟民親口說的。她知道他說這一句話是半開玩笑，卻想在開玩笑中謀求實現的做法。白玉珊突然有一種感覺，她面對著他，好像是面對著千仞的深谷，自內心害怕起來。

「對付這種沒有知識的鄉下人，只有這個辦法。」許濟民低聲說，好像是在向她解釋，也好像在爲自己辯護，而且多少還帶點得意的口吻。

「你父母親不也是鄉下人嗎？」白玉珊的腦子裏一直盤旋著這一句話，只是沒有辦法說出來。

「讓座並不是義務，應該出於心甘情願。現在和以前的想法不同了。而且坐長途車，也沒有人讓座的。」

白玉珊仍然沒有回答他。她心裏漲滿著一種鬱結，不知道如何回答他。

「妳不高興？」

「我也不知道。」

「讓座固然是一種美風美德，只是……」

「不要再談讓座的事了。」

「那麼談什麼？」

「……」

「阿婆，妳過來，這裏有位子。」突然有人在背後喊著。

「不要，我就到了。」

老農婦在龜山下車。這以後，到烏來之前許濟民一直沒有再開口，白玉珊也沒有打破緘默。

白玉珊怔怔的望著窗外，背後一直有人在說話，她聽不清楚，他們好像在談論著他們，也好像不是。她只是不想回頭。

「伯父在哪裏高就？」在烏來下車之後，許濟民就又問她。

「他教書。」

「在大學？」

「嗯。」

「從前，大學教授是了不起的呀。」

「現在呢？」她只想著沒有說出來。

「聽說妳有一位哥哥在當醫生？」

「嗯。」

「另外有一位哥哥……」

「他在美國教書。」她說。許濟民對她家庭的事好像很清楚，也好像很有興趣，不知道他從哪裏打聽來的。他今天約她出來，好像就是要她來證實這一些事似的。

這時，白玉珊突然想起麗華告訴過她的事。麗華看許濟民和她接近，曾經警告過她，叫她在沒有眞正瞭解他之前，不要和他深交。

麗華長得很清秀，人也很聰明，公司裏的同事們都很喜歡她，喜歡跟她閒聊。許濟民也和她閒談過。有一次，麗華告訴他她只初中畢業，他就突然噤不出聲，以後除了公事上的接觸，就沒有再和她聊過了。

白玉珊開始也不願意相信麗華的話。麗華說話很實在，不會故意中傷。白玉珊並不是不相信她，她想麗華也許和他有什麼誤會，他突然不作聲，可能是由於別的原因。

「妳今天好像很不高興？」

「沒有什麼不高興。」白玉珊冷冷的說。「你不是有很多兄弟？」

「五個。」

「你是老大？」

「不是，是老二。」

「都讀大學？」

「沒有。大哥在鄉下，在，在耕田。只有我讀大學，老五現在還在高中，成績還不錯……」

許濟民還一直說下去，只是白玉珊已沒有聽到他在說什麼。她只覺得背後有腳步聲和說話聲，好像在談論著他們。

「咻——」突然有一個人吹了一聲口哨。

「哈哈哈！」幾個人呼應著。

許濟民看了看她，突然回頭瞥了一眼。白玉珊仍然向前走著。

「咻——」

「哈哈哈。」

「這些傢伙。」許濟民喃喃的說。

「不要理他們。」

「咻——」

「哈哈哈。」

「什麼意思?」許濟民仍喃喃說。

「不要理他們。」

「哈哈哈哈!」

「喂,客氣一點。」許濟民停了腳步,轉了身子過去。白玉珊也跟著轉了過去。是四個中學生,好像剛才坐了同一班車子來的。

「什麼?你說什麼?」最前面的一個向前跨了一步,剛好和許濟民面對著面。

「應該說,你放什麼屁?」另一個人站到右邊來,底下是谿谷。

第三個人一句話也不說,默默走到他們背後,雙手一直插在口袋裏。最後一個站在第一個的旁邊,斜眼看著他們。

許濟民把眼睛轉了一轉,拉了她的手一直退後到山坡邊。

「你,你們做什麼?」許濟民臉色轉白,聲音不停地顫抖著,退到白玉珊的後面。

「要打架?要打架就應該去找少年組的打。」白玉珊平靜的說,然後向許濟民示意:「走吧。」

白玉珊坦然走開,也不說話。但是她仍然聽到後面傳來了中學生的聲音:「好花插牛屎。」

「我想回去。」白玉珊突然又停了下來。

「爲什麼？」

「……」

「妳在生氣？」

「我沒有生氣。我媽媽生病在家裏。」

「呃……」

「我一直不想來。」

「家裏沒有人？」

「二哥出國，大哥他們自己已有了家庭，也不能兼顧。爸爸常常說，一個人一個家，我以後必須自立，不能想依賴他們。其實爸爸身體也不好，一直想退休下來。」

「呃。」

「我也常常這麼想，爸爸他們養我這麼大了，我能替爸爸媽媽做點事，也是應該，也是值得驕傲的呀。」白玉珊故意把尾聲抬高，眼睛望著前方。她不知道自己爲什麼要說這種謊話。也許她想起了麗華的事，認爲這是一種最有效的辦法吧。其實父親並沒有提過退休的事，母親也沒有生病。說父親退休還沒有什麼關係，說到母親生病，她心裏就隱隱作痛起來。一個人爲什麼非說這種謊話不可呢？爲了試探，還是爲了決絕？她忽然低下頭，眼淚差一點流出來。

當她低頭的時候，一直感到許濟民的目光。許濟民一直盯著她，好像在推測她這些話的眞實性。她毅然抬起頭來，迎著他的目光，好像迎著敵人一般。她看到他的眼睛裏竟充滿著冷漠和迷惘的神色，好像他是受騙的一方。也好像在告訴她今天他們互相認識，完全是她的錯。

她再提議回家，他也沒有反對，甚至也不問她理由。

他們分手以後，白玉珊就料到許濟民不會再約會她了。這本來也是她的希望，完全是由自己的自由意志選擇出來的。但是他一旦離開了她之後，她卻有一種受騙和挫敗的感覺一直漲滿著胸腔。尤其是她一想到許濟民離開她，好像是他自己選擇的一般。如果有一天，他發現她父親仍然沒有退休，她母親並沒有生病，他不知道會做什麼感想？其實，這好像是不可能的了。他已完全對她失去了興趣。也許，在外表上，他還對她保持一點敬重，也不是由於他和她的關係，而是因爲她是董事長兼總經理的祕書。

白玉珊曾經想過，一個有野心的人，做這種事可能也是很自然的事。但是一個人能在感情方面做到這麼堅決的地步的人，許濟民可能是一個少有的特例吧。

話說回來，如果不是他有那麼堅決的態度，在麗華和她自己，或者其他許許多多接近過的女人之中選擇了一個，也不會有今天的許常董吧。

白玉珊也想過，他今天能以一個勝利者高奏凱歌回到公司來，也必定有他的代價。這是一種估價的問題吧。

麗華已結婚，也已辭去公司的職務。如果她還在，看到許濟民這樣子回來，不知會有什麼感覺？

白玉珊剛才看到許濟民時，心裏也有一種說不出來的感覺。雖然他是一個被自己所放棄的人，但是她好像感到失敗的是她自己，而不是對方。

她想控制自己。其實，她也把自己控制得很好。但是自從許濟民和董事長的女兒結婚，以至於他當選了公司的常務董事，而今天和他見面，這一連串的事件，好像一支鼓槌不停擂打著她的心房。

許濟民回到公司來是一件大事，尤其因爲他曾經在這裏做過事。許多人一定和她一樣無法接受這已變成事實的事實。但是每一個人，只要還在這一個公司，都必須接受它。

白玉珊也曾經想像過許濟民回到公司來的情景，她也曾經想過在他回來之前離開。她不願意再見到他，尤其是他那得意的樣子。她相信自己可以忍受，但是何必去忍受那種類似屈辱的感情呢。

董事長待她不錯。但是剛才那一種眼神卻是一向所沒有的。也許是她看錯了。她實在不容易理解，難道他對她已改變了，只因爲中間擠進了一個許濟民？她很懊悔爲什麼沒有毅然辭掉這個工作。

「嗤——」

是董事長叫她的電鈴聲。白玉珊急忙站起來，拉開董事長室的門。她故意不看許濟民，但是他的影子卻一直在她的視界中浮動。

「白小姐，妳去請他們各部門的主管來一下，我替他們介紹新任許常務董事。」董事長笑著說，顯然是兩個人歡談中的笑延續下來的。

「是。」

「不，不必。反正都是老同事，我去見見他們。」許濟民仍然是很平靜，語氣裏充滿著自信。

「叫他們來一樣嘛，而且也方便。」

「不。還是我去。不一定是各位主管，我也應該見見其他的同事。」

「呵，呵。這樣也好。」董事長滿堆著笑容。「白小姐，那就請妳帶許常務和各位見面。」

「是。」白玉珊說，在董事長眼裏已看不出剛才那異樣的一瞥，好像是不高興的表情。

許常務董事好像在期待似地，立即站了起來。以前，她常常這樣想過，一個女孩子的命運，好像是決定在她們所找到的對象。妳找到了外交官便是外交官夫人，找到了一個市長便是市長夫人了，雖然是同一個學校同一班出來的。當她看到了幾個同學結婚以後，這種信念就更加強烈。眞想不到一個男人也是這樣。她看看許濟民，不免覺得可笑，卻笑不出來。

「白小姐，好久哩。」一出董事長室許濟民就對她說，好像這才憶起來她的存在似的。

「是的。」白玉珊淡淡的說。

「妳好像很不開心。」

「沒有。」她仍然很平淡的說。

「不高興我回來？」

「沒有。」

「那妳是很高興了？」

「……」

「也許有很多人和妳一樣會很不高興。不過我會盡力使大家高興。」

白玉珊先帶許濟民和財務部陳經理見面。

以前，許濟民在公司的時候，就是在陳經理底下做事。許濟民要離開的時候，陳經理曾經勸阻他，並在董事長面前說現在的年輕人不講道義，只看到眼前的小利，簡直是忘恩負義，不識抬舉。董事長也跟著罵許濟民忘恩負義。這是白玉珊親眼看到的。

另一方面，許濟民也時常在背後說陳經理不學無術，他有一點成就，也全是依賴著部下，全是部下的功勞，他卻一個人享受了。

白玉珊知道陳經理雖然沒有讀過什麼書，爲人精明能幹，而且能任勞任怨，他有今天的地位，也是他自己苦幹出來的。

白玉珊先把許濟民帶到財務部，一方面是陳經理資格較老，深得董事長的器重，一方面也很想看到兩個人見面時是怎樣一種情景。

白玉珊輕輕把門敲了兩下，轉了把手，把頭伸了進去。陳經理把眼鏡推高一點，看是白玉珊立即站了起來。她在公司裏地位還不如陳經理，但他一向把她看作董事長的人，對她特別客氣。

白玉珊把門推開，讓到一邊也不說話。許濟民迅速跨了一個大步進去，陳經理一看，立即離開位子，跟著迎了出來。沒有想到他這麼大年紀，居然動作還那麼敏捷。

許濟民也趨前幾個大步。兩個人手拉手，緊緊地握住，一直搖個不停。

「歡迎，歡迎，歡迎許常務。」陳經理滿臉堆著笑容，另一隻手輕輕的拍著對方的肩膀。

「還望陳經理像以前一樣，多方面教我。」

「哪裏，哪裏。不知道的地方還很多，望許常務多多指教。」

「不敢，不敢。以後這公司還有許多地方要陳經理繼續幫忙呢。」

白玉珊好像有一種感覺，他們兩個人不管在握手、拍肩，或說話的時候，好像都在互相較量一般，也隨時在揣測對方，在和平中蕩漾著敵意，互不相讓。在外表上，兩個人都笑得那麼可愛，那麼誠懇，恨不得把心肝也剖了出來。但是從陳經理的語氣裏，卻可以看出一個重臣的氣概，而在許濟民的語氣裏，卻充分暗示他是這公司的主人。

「許常務請坐。」

「不，不必客氣。以後時間多的是，當再慢慢請教陳經理。」

「哪裏，哪裏。還望許常務多多提拔才是。」

「陳經理實在太客氣了。」說完，轉頭過來對白玉珊說：「我還是去和財務部的舊同事見見面。」

「我來帶路。」陳經理說，一馬當先。

許濟民也不再辭謝一番，和陳經理並肩走出經理室，白玉珊跟在後面。財務部的同仁一看到他們，立即都站了起來。對他，大部分都是熟臉孔吧。

他和每一個人都親切地握過手，有時也說一兩句話，都很大方得體，但卻始終保持著一定的距離，不許貿然跨越中間的界線。

許濟民也和楊課長見面。以前，他們兩個人都還是股長的時候，曾經爲了這個課長的位子明爭暗鬥，結果是楊課長爭取到了。楊課長雖然學校早了許濟民兩屆，但爲了這個位子，卻打了一場很辛苦的仗。

據說楊課長本來也是董事長的女婿候選人之一，他的聰明才智比許濟民略遜，但卻是一表人才。據說董事長的女兒也看中了他，只是他已有一個女朋友，他比較專情而已。

聽說許濟民所以積極要離開公司，和爭奪這個課長的位子多少也有關係。誰會想到他捲土重來，竟以另外一種姿態出現呢。

楊課長恭恭敬敬向許濟民行禮，昔日的凱歌今天已變了調，但楊課長好像已決心要接受新的現實一般。

「我回來了。」許濟民說，和楊課長親熱握手。

財務部之後，白玉珊又帶許濟民到會計室，業務部，總務室轉了一圈。

「大家都很不錯。」

「是的。」

「都和以前一樣。」

「是的。」

「妳好像很不高興?」

「沒有。」

「妳有什麼希望?」

「沒有。」

「一定有的吧。妳有什麼困難儘管告訴我，只要能夠做的，我一定會幫忙。」

「那你就替我在別的地方找一個工作吧。」她很想這麼說。

「白小姐，妳來一下。」董事長在門邊叫她，離開許濟民正式來公司上班差不多半個月。

「白小姐，妳請坐。」董事長不按電鈴叫她，請她坐都是常事，但白玉珊卻一直有一種預感，總覺得董事長今天的行爲有點不尋常。

「妳到這公司來有多久了?」

「快三年了。」

「快三年了……」

「是的。」白玉珊越覺得自己的預感沒有錯。

「是這樣子，」董事長說，頓了一下。「我們公司臨時有了一種決定……」

「決定什麼事?」白玉珊心悸得很厲害。

「我不知道應該怎麼說?」董事長竟有點猶豫了。就是上一次那一件事，他還沒有這樣猶豫過呢。

「您請說。」

「妳在公司這三年，我待妳怎麼樣？」

「很不錯。」白玉珊說，這是實情。

「我實在不願意讓妳走……」

「您要我辭職？」

「不是我，這是公司的決定。」

「可是，我並沒有做錯事呀。」自從許濟民回到公司來，她就曾經想離開這裏。也許，更早一點，許濟民當選常務董事，她就有這種念頭。自從碰到了許濟民，她就覺得很多事都出乎想像之外，都變成了被動。她也覺得他們好像摸透了她的心。

「我知道。妳不但沒有錯，而且把大小事情都處理得井然有序，一絲不紊。我個人很感激妳，也很不願意讓妳走的。」

「您要我現在就走嗎？」

「不。那也不必。我們只想知道妳的意思。」

「……」

「這並不是我個人的意思。」

「你們要我現在決定？」

「嗯。」

「……」

「妳不願意？」

「……」

「如果妳眞的不願意，妳也可以告訴我。」

「我並沒有做錯事……」白玉珊喃喃的說。如果她能早一點提出來，也不會被他們占了先。

「我們知道妳沒有做錯事，我剛才也說過。這三年來，我很瞭解妳。而且，我也需要妳。這妳也很清楚。不過……如果妳肯答應，公司也有個打算。我好久就聽說妳要出國深造，我們剛好也可以給妳一點資助。妳在公司工作了三年，依照規定，我們可以給妳三個月的薪水。」

「我非走不可嗎？」她並不想這麼說。

「並不是說非走不可。妳既然知道公司有了這種決定，就是勉強留了下來，大家也有些不方便。不過，我個人的意思，還是很希望妳不要走。」

「……」

「我知道妳的立場。如果妳回想一下這三年來我對妳怎樣，妳就會明白我是一片眞心。」

「可是，我一下子找不到工作。」

「這一點，我們也考慮過了。公司方面已決定再支給妳薪水，一直到今年年底。也就是說，妳還可以拿到七個月的薪水，再加一個月的獎金，連剛才的三個月，一共可以領十一個月。我很相信像妳這樣的人才，很快就會再找到工作，比這裏更好，更理想的工作。」

「……」

「如果妳很想出國，這也是一個機會。」

白玉珊抬起頭來望著董事長。他的臉上漾著一片眞情。她很明白這一個人見人怕的老闆，一向待她不錯。她對他也有好感。也許是一種接近父女的好感。但他對她卻抱有另一種感情。

大概是去年吧，他曾經要求過她一次。董事長自從幾年前喪偶以後，就一直沒有再娶過。像他這樣一個在工商界相當有名望的人，要續弦似乎也沒有什麼困難，也許還有許多有名望家庭的小姐還在覬覦著這個位子呢。白玉珊以一個祕書的職位，當然也知道一二。

「白小姐，我很喜歡妳。」他還親自對她說。

「什麼！」那實在太突然了，她有點吃驚。

「妳嫁給我……」

「不……」她喃喃的說，心裏有點害怕。

「妳不必現在回答。」

「……」

「聽說妳要出國？」

「我有這個打算，還沒有確定。」

「我可以讓妳出國。」

「不。」

「妳不喜歡我？」

「我尊敬您，我一直沒有想到這上面來。」

「這也不是什麼不名譽的事。也許我們年齡差了一段。妳不想考慮一下？」

「不。」她很堅決的拒絕了他。

那時，她就想辭掉，她把這意思告訴董事長。

「何必這樣子。妳不願意，我也不會強求。不過，我把自己的意思告訴妳，只要妳有一天回心轉意，可以隨時告訴我。妳可以直接告訴我，像我直接告訴妳這樣，因爲這一件事只有我們兩個人知道。」

董事長說話時，雖然外表上很平靜，其實她也知道他的內心在掙扎著。自那一次以後，她就聽到董事長去找過酒家女。但他好像不喜歡固定的人。爲了這一件事，她也暗地替董事長難過，但是這種事又不是隨便可以幫忙。因此，她有幾次提出辭職，以爲這樣子雙方都好，卻又被他挽留下來了。

「另外，這是我自己的意思。」董事長從抽屜裏取出一張支票放到她面前。

「不。」

「以前，妳有幾次想走，卻給我留住了，想不到這一次卻反而由我提出來，把妳趕走。」

「不。我不能再拿您的錢。我已拿太多了。」

「我一直沒有機會……」

「不行，不行。」

「眞的，這是我自己的錢，是我眞心眞意給妳的，如果妳眞的要出國，對妳也許有點幫助。也許這是最後一次，妳離開以後，就是想再幫助妳也沒有辦法了。」

「不。」她突然站起來。

「妳收下吧。」他也跟著站起來，忽然伸手拉了她的手。這三年來，他從來沒有對她這樣過。她知道他有許多機會，卻一直抑壓著。她想把手抽回來，卻不能夠。想不到他竟那麼有力，也許自己失了力量吧。白玉珊望著他，他的眼睛中好像有一股火，以前雖然也隱約感到過，卻沒有現在明顯。這種眼神，當許常務來公司上任那天，她也曾經看見過，但那一次的，卻略有不同。

「請放手，您捏痛了我的手。」

「妳收下吧。」他略微把手鬆開。「如果妳不想離開，妳也不必走。」

「不是已經決定了？」白玉珊略微喘息說。

「這，這我可以負責。」董事長說，露出一種央求的眼神。

「您，您以前說過，如果我願意，可以隨時告訴您？」

自從許濟民回到公司來以後，她就一直想著這一句話。爲了這一句話，也不知失眠過幾個晚上。

她並不憧憬著這一種富裕的生活。她在腦海裏所描繪的，是一種更平靜，更樸素的生活。但是自從看到許濟民以後，她也覺得那也是一種生活。她並不贊成許濟民的方式，但是現在只有自己也走入這種生活，才能眞正否定許濟民吧。她的腦子裏，漲滿著否定許濟民的意念。許濟民曾經用同樣的方式否定了全公司的職員，她爲什麼就不能否定許濟民呢？

上一次，許濟民曾親自對她表示過，她不知道董事長是不是還記得，她的話是不是還算數。她心裏悸盪得很厲害，她的臉一直發燒著。

「妳，妳是說妳願意了？」董事長的眼睛突然閃亮，那一股火也更加熾熱起來。

「如果我願意嫁給您，您家小姐和許常務都要叫我媽媽了？」

「名分上該如此。」

「那我也可以做公司裏的董事，甚至於做常務董事或董事長了？」

「可以，可以這麼說。」董事長說時又突然揑緊了她的手。

「請您放手。」

「妳答應了？」

「不，我沒有答應。」

「那妳還是不願意？」

「我想，我還是走了好。」

「白小姐。」

「嗯？」

「妳不要走。」

「我留下來，還有什麼意思？」

「妳不要走，我求妳。」

「您剛才還一直要我走？」

「這是公司的決定？我……」

「您不是代表公司？」

「……」

「我很想知道是誰要我走？」

「……」

「您不能告訴我嗎？」

「是我。」

「您？」

「嗯。」

「不，我不相信。」

「也可以說是我。」

「實際上是誰？」

「……」

「是許濟民吧？」

「……」

「我知道。」

「不，不是他。」

「那還有誰？」

「我的女兒。」

「您家小姐的意思，不就是許濟民的意思了？」白玉珊一句話剛剛要說出來，抬起眼睛看到董事長蒼白的臉孔和充滿著紅絲的眼睛，就又把它吞了下去。她從來就沒有看見董事長有過這樣的表情。看起來，他變得那麼蒼老，那麼疲憊，她實在不敢相信自己的眼睛。她知道這是面臨抉擇的片刻。她剛才提起那種話，只是把半個月來一直在心裏輾轉的話說了出來，沒有想到董事長卻認眞起來了。她感到有點害怕，不禁往後退了半步。

「白小姐……」董事長向前搶了過來，卻被桌子擋住。就在董事長向前抛出身體的時候，白玉珊好像看到了許濟民的影子。雖然那只是一瞬間的事，而且她也清清楚楚知道那是不可能，但她卻好像看到了許濟民龐大的影子，排開了董事長，向她直撲過來。

「不，不。」她喃喃的說，又向後猛退了兩步。

阿春嫂

阿春嫂要回來舊鎮參加她兒子林宏明的婚禮。對那些三十多年來就住在舊鎮的人，這是一個大消息，就是以後出生的人，經過這些日子的傳聞和渲染，對阿春嫂也已有了一些瞭解，各自在心裡描繪著她的樣相，也期望在宏明結婚那一天，能夠一睹阿春嫂的面目。

這一天，許多舊鎮的人對阿春嫂的關心和興趣，遠比對新娘還來得大。宏明的新娘很漂亮，但漂亮的新娘並不少，而且新娘也都很漂亮。阿春嫂卻只有一個。有許多人認爲，如能同時看到新娘和阿春嫂，就不白活在舊鎮了。

這一天，林家門口特別熱鬧，早上上街買菜的主婦，以及上街賣菜賣完要回家的鄉下人，經過那門口的時候，總要往裡頭探望一眼，也許運氣好，還可以窺到一點聲影。更有一些閒人，好像在戲院或電視台門前等著看明星和歌星一般，早就聚集在林家門口，並已各自站好了理想的位子。

林宏明這一次結婚，只發了六桌份的帖子。據說這有一半是阿春嫂的意思。阿春嫂好像不大喜歡和許多舊鎮的人見面。依照林家在社會上的地位和交遊的情形，他們至少可以備辦三十桌以上宴請親友。六桌似是最起碼的。

起先，林家也有意到台北的大飯店請客，如果這樣，一方面更合乎他們林家的身分，也可以避免許多不必要的干擾。要回來林家請客也是阿春嫂的意思。她說她要回來看看。

她在早上十點鐘回來，剛好趕上宏明出發迎娶的時間。她穿著一件深藍色的絲絨旗袍，一串眞珠項鍊垂在前領下。林宏明替她開了車門，扶她進去。許多人在那裡指指點點，也有人叫了她，但她似乎什麼都沒有聽見。

她一進門，走到大廳，就默默站在阿春的肖像前面，約莫站了一分鐘。她一句話也沒有說，只是默默地站著，她眼睛好像是看著阿春的眼睛，也好像看著更遠的地方。

二十年前，她要離開舊鎮的時候，她也曾經站在同樣的地方看著阿春的肖像。二十年來，那肖像一點也沒有改變，也許紙的顏色變黃了一點，相框的油漆也褪了一點顏色。但阿春還是一樣的阿春，一樣的年輕。

在牆壁上的另一方向，多了一幀她婆婆的放大照片。她的心裡不禁起了一點騷動，她的表情也有了一點變化。宏明走過來扶著她，問她怎麼啦，要不要把照片拿開。她說不，她沒有理由變更原來的布置。

她望著婆婆的臉孔、眼睛、鼻子和嘴唇。看來她是很平靜的。誰會想得到那眼睛會充滿著憎恨，那嘴巴會說出最惡毒最骯髒的語言呢？

「妳出去。」

「妳要我出去哪裏？」

「這我不管。妳不再是我們林家的人。」

阿春嫂似乎現在還可以聽到她婆婆的聲音。她有理由憎恨她的婆婆，但現在她的心似乎可以平靜下來。

二十年前，阿春在海水浴場游泳突然溺斃，一句話也沒有說，就撇下她母子兩個人走了。阿春本來是游泳的能手，聽說是去救人，反而被人抱住動彈不得。

這實在太突然了。人家通知她去認屍，因爲水腫的關係，她幾乎認不出他來了。但那是他。憑夫妻間的感覺，她知道是他。她看到從他的鼻孔流出血水。很多人都說，在外枉死的人見了親人就會流鼻血的。

他們也說，死在外面的人，不能再抬進家裡，就在亭仔腳搭了帳篷停放他的屍體。她抱住屍體，哭得死去活來。她怎麼能相信早上還是好好的出去的人，會變成這個樣子呢。

因他是淹水而死，又在夏天，只好買了次好的棺材回來盡快將他收埋。在入殮的時候，他們又說和她相沖，她不能看。他走的時候，一句話也沒有說，而這又是最後一次，好歹總該讓她看一眼。她嚷著說，但婆婆他們還是不肯。

到了出殯的日子，婆婆又不讓她送葬。

「妳有沒再嫁的打算？」

「我不知道。」一切來得太突然了，她還沒有想到這一件事。

「那很好。我們希望妳不要再嫁。妳好好的替阿春守寡，把宏明這孩子帶大，我們不會虧待妳。」明明是婆婆一個人的意思，她總是說「我們」。

「不讓我再嫁，我可以考慮，但難得和他相處一場，請讓我送他上山，親眼看他入土，我才能安心。」

「那怎麼行，這是禁忌。」

婆婆一定不肯讓她送山。她趴在棺材上不停哭著叫著，不停跺著腳。到了要出發的時候，有人扶她進去。她知道，這一些女人是婆婆叮囑她們來「押」她進去的。婆婆已替她決定了一切。

「不，讓我出去。」

「阿春嫂，不要這樣子，人家聽了怎麼說呢。」

她突然靜了下來。她聽著外邊鑼鼓的聲音，知道出殯的行列已出發了。

「妳們出去就是了，我不會怎麼了。」她驚訝自己的心頭怎麼那麼鎮定。她把麻衫脫了下來。

等她看到了有一點罅隙，她連忙又抓起了麻衫，從後面偷偷溜出去叫了一部三輪車，一直奔向墓地。

到了墓地，她把麻衫又披上。墓穴已掘好了，他們在等著擇定的時刻。她扶在棺材上又哭了起來。她叫他們把她也一起埋了。

「如果你們不讓我看他入土，我就死在這裡，讓你們把我也一起埋了。」

他們拿她沒辦法，也顧不得是否相沖，只好讓她看著。但這一件事立即傳遍了整個舊鎮，最受不了的是她的婆婆。

「妳是一個淫婦。如果妳早就存心改嫁，爲什麼不老實跟我們說。我們並不阻止妳，妳不應該騙著我們。我們也不會替妳說了那麼多的好話，也不會讓我們出了這麼大的醜。」

她沒有想到婆婆會發那麼大的脾氣。看她平常說話，總是小聲小氣，這一下子幾乎連屋頂都要衝破了。

「妳不再是林家的媳婦，妳不再是林家的人，妳出去，馬上出去。」

「妳要我到哪裏？」

「這我還管？妳還年輕，妳還漂亮，妳看外邊那麼多男人，只要妳出去，馬上會有人來接手。」她終於說出了最難聽的話。

她實在不敢相信自己的耳朵，也不敢相信面前這個她一向認爲慈祥的小老婦人，竟是這樣的不可理喻。

她把心一橫，對老人尊敬的心，突然轉變成一種無比的憎恨。

「我可以走，但我要把宏明也帶走。」

「宏明是林家的骨肉，是林家的命根，怎麼可以交給一個不是林家的女人。」

「那我要看看他。」

「他不在。我們把他送開了。等妳走了之後，我們再把他帶回來。」

當時，宏明才六歲。她實在想撲過去，咬她一塊肉。

「妳只要把自己的衣服帶走，凡是林家的東西都要留下來。」

她打開抽屜一看，才知道抽屜已被偷偷地打開，她自己的一些飾物也已被拿走了。

她回到娘家，又回到以前教書的小學教書。在這二十年之間，她也有幾次再婚的機會，父母親也一再勸她應該再找一個歸宿，但她一直不爲心動。

這並不是她的感情已經死亡。有一次她碰到那位何老師的時候，差一點就無法忍受下去。她呼喚著阿春的名字，但阿春似乎也無法救她。後來她裝成半瘋半痴的樣子，才叫何老師死了心。她不願再嫁，並不是因爲婆婆說她是淫婦，也不是想讓人明白她送阿春上山並不是爲了準備改嫁。其實，她不是爲了任何人，她是爲了要向自己證明，因爲當時，她確實沒有想到再嫁的事。

在這二十年，她只想著阿春和宏明。阿春已經死了，他已不能再有什麼改變了。她對阿春難免還有一點怨忿和不平。他實在太狠心，也太殘酷。但這已成了定局，已沒有辦法改變，她的痛苦也漸漸變成一種思念。

至於宏明，她卻只記得她離開舊鎮時的宏明。宏明是會變的。她怕不認得他，那是一定的，而且不認識的程度會與日俱增。但她最怕的是，他不認得她，不肯認她，甚至於在他心裡已沒有她這個母親了。

偶爾，她碰到有人從舊鎮來，也會打聽宏明的事，但大家告訴她的，總是更多的婆婆的事。大家對那個小孩子似乎關心不多。

然而有一天，大概是在六年前，非常突然，有一個男孩跑來找她。她已認不出他就是林宏明。

他告訴她他已考取了大學。她雖然認不出是宏明，卻從他的眉宇間可以看到阿春的一些影子。

「妳就是我的媽媽？」

「嗯。」

「那妳為什麼一直不去看我？妳已把我忘掉了？」

「我沒有忘掉。」

「奶奶每提到妳就生氣，說妳是一個壞女人。所以我要來看看她所說的是不是眞的。」

「你怎麼說？」

「如果我相信她的話，就不會來見妳了。」

以後，他常常來看她，和她談話，問她一些以前的舊鎮的事，他問起他父親阿春的事。

「我要把妳的事告訴奶奶。」

「不。」

「我要請妳回去。」

「不。她不會讓我回去的。我也不願意回去。」

「即使為了我？」

「不能這樣說。我能見到你就喜出望外了。我一直以為這一輩子再也無法見到你了。」

「可是，妳是我的母親。」

「母子並不一定要在一起，也不一定能在一起。我很高興能再見到你。至少，我們的心是在一起的。」

又過了幾年，婆婆死了。宏明來告訴她，問她要不要回去送葬。她也拒絕了。本來，她不想拒絕，人已死了，還有什麼值得計較的？但，再想回來，她覺得和婆婆之間，已沒有什麼感情，送她也沒有什麼意思。這一點，幸好宏明還可以諒解。

「那妳可以回去了。」

「我想，你這樣子時常來看我就好了，我已沒有什麼奢求了。」

「妳應該回去，那也是妳的家。」

「但我對舊鎮已有點怕。也許，等到你結婚的時候，我可以回去一下。」

所以她就回來了。新娘，她是見過的。宏明曾經帶她去看了她。婆婆死後，宏明把那一些飾物又交還了她。但這一些東西，對她已沒有什麼重大的意義了。其中，有一些，的確可以引起她更想念阿春，但那似乎已是很久以前的事了。宏明這一次結婚，她又把所有的飾物交還給他。婆婆曾經占有著它們，但無法擁有它們。

「這應該是林家的東西。」

「媽，妳怎麼又說這一種話。」

「我已有了兒子，又有了媳婦，我所得到的，遠比我所想望的來得更多。」

在結婚的席位上，阿春嫂一直說話很少。幾乎都是有人問她才回答。她不言笑，只是輕輕的張開嘴微笑著。我們都知道她一定很高興。也許過去的壓力依然很大，也許她對舊鎮已有許多陌生了。

「媽，妳該住下來。我們已把妳的房間修整好了。」

「不，我還是不能住下來。」

「但妳曾經答應了。」

「不錯，我曾經答應了。不過，我已回來了一次，我一定會再來看你們的。你們都知道，自外祖父過世之後，沒有人照顧外祖母。她年紀那麼大了，我應該在身邊照料她。」

女司機

秀貞開著計程車，從市立女子高級中學的旁邊經過。這是回程，剛好沒有客人。她多開了一條街道開到這裏來。她把車子的速度開慢，看看那乳白色的圍牆和圍牆後面的教室。有幾個穿著綠色制服的學生在窗邊。圍牆外，也有幾個穿著同樣制服的學生在打掃人行道。

今年夏天，雪花也考取了這所學校。聽說，雪花班上的同學，只有三個人考取。

也許，雪花也在那些學生當中，秀貞在心裏想著。但每一個人都穿著同樣的衣服，實在不容易分辨出來。

第一次，她沒有找到雪花。她踩足了油門，再繞了一圈過來。有個客人在路旁招手，她沒有停下來。每天，她總要從這裏經過一、兩次，但都是上課的時間比較多。有時，她也會看到學生在外面寫生，但都沒有看到雪花。

當她開到校門口附近，剛好有另一批學生出來，好像也是出來打掃的。有的學生手裏拿著掃帚，有的提著畚箕。

她一看，好像看到了雪花。因爲車子在動，她看不清楚。她想停下來，又忽然想到雪花也許不喜歡同學知道母親是開計程車的。

她從後照鏡看著，但影子太小，而且角度也不好。她踩了油門，預備再轉一圈回來。就在那時，前面的車子忽然停下，她也急忙踩了煞車。

「碰！」

她的車子震了一下，她的後腦好像碰到了什麼，也震痛了，她覺得有點暈，她開計程車已有五年了，她明白事情已發生了，立即開了車門，衝了出來。

「幹妳娘，妳怎麼開車的？」

後面有一部深藍色的計程車撞上了她的車。司機是一個三十多歲的男人，眼睛睜得很大。

「幹你娘，你沒有長眼睛？」她繞到後面。

「幹妳娘的，怎麼開開停停，而後急煞車？」

「路那麼寬，誰教你釘著屁股走。」

「幹妳娘，妳漂亮。」

她俯身一看，保險槓已撞彎了，方向燈和煞車燈都撞壞了。

「幹你娘，你怎麼賠？」

「妳急煞車。」

「在市區，你趕死？」

「我的車也撞壞了。」

「是我撞你的，還是你撞我的？你不賠，我去叫警察。」

人愈來愈多，後面已擋了幾部車子。有人在猛按喇叭。

「賠妳？幹妳娘，三百塊。」

「三百塊？幹你娘，你還講得出來？」她大聲吼著。

「五百塊？」

「幹你娘，丟一千塊來。」

「六百塊，妳不要也就算了。」男司機說著，開了車門。

「你要逃？幹你娘！」她伸手抓住對方的領子，對方把她的手一撥，連她戴在頭上的假髮也打下來了。十幾年前，她在工廠做工的時候，機器把頭髮全部捲掉。

四周已擠滿著看熱鬧的人，也有許多穿制服的學生，她漲紅著臉，俯下身把假髮撿起來。

「幹你娘，你再叫你祖媽開口，非拿你一千二不可。」她又抓住了他，大聲吼著。她的聲音有點哽塞，她的手在發抖。

對方從褲袋裏掏出一疊鈔票，數了十張一百元券給她。

「幹妳娘，拿去吃藥！」

「幹你娘，你這還算個男子漢？」她說，用力把他一推，把錢塞進口袋裏。

她看著人群，有些已散開，有些人還在看著。大家都在看著她的頭。裏面也有幾個學生，但沒有雪花的影子。雪花是不是看到，是不是都看到了？她在心裏想著。她的眼睛向四周搜索。她看到了學校牆外有個學生低著頭站在樹下，看來很像雪花，另外有個學生正在旁邊好像在安慰她。

好想過去看看是不是雪花。但是，立即作罷。

如果那個學生是雪花，恐怕已把一切都看到了。如果她看到，一定有許多同學也看到。雪花有個國中最好的朋友周美英也考取了同一個學校，並且分發到同一個班。周美英是不是也看到？

如看到，會不會告訴其他的同學說那個戴假髮的女司機就是雪花的母親？

她開了車子，預備再轉一圈過來看看樹下那個學生是不是雪花。但她開到彎角，就改變了想法。

她繼續往前開，有人舉手，她也不停。她看著後照鏡，那個人好像在罵她。她把車子一直開到家門前，靠在路邊停下。她感到全身乏力。她把手擱在方向盤上，楞楞地看著前方。

「爲什麼呢？」她在心裏叫著。

她並不想和人家吵罵。她只想平平靜靜地賺一點錢，過著平平靜靜的生活。雪花是不是已看到了？會怎麼想呢？平時，她和雪花講話的時候，聲音都很輕。不知雪花會怎麼想呢？

從擋風玻璃看過去，已有鄰居的小孩陸續放學回來了。雪花也快回來了吧。雪花是不是已看到她和人爭吵的一幕？

該上去煮飯吧，她想著。平常，她晚一點收班的時候，雪花也會先把飯煮好等她。有時，雪花功課比較忙，也會事先告訴她，她就早一點回來。因爲她是個女人，平常是不會開晚班的。

今天，她多做了一樣菜，是肉片炒玉筍。這是雪花最喜歡吃的。本來，她是預備留到明天煮的。

再過半個鐘頭，雪花也回來了。可能是因爲打掃的關係，要比平常晚了一點吧。雪花每次回來，只要她在，總要走過來說：「媽，我回來了。」如雪花先回來，也會迎出來說：「媽回來了。」

如果是煮飯的時候，或吃飯的時候，她們也會玩「猜菜遊戲」，由對方猜測晚餐的菜，然後，在飯後，她做家事，雪花做功課，有空閒的時間，雪花就講故事給她聽。

但今天，雪花和往常不同。她既不說話，也不猜菜，低著頭默默走進自己的房間，把房門碰地關上。雪花是看到了。不錯，一定看到了。

她走到雪花的房門口。這是一棟十一、二坪的國民住宅的三樓，只兩個小房間和一個小廳。雪花的房間是前面較小的一間。她舉手想去敲門，但立即把手放了下來。

她先把飯和菜端到餐桌。

「雪花，吃飯。」

她輕聲說，但立即感到自己的聲音有點虛假。以前，她是沒有這種感覺的。雪花聽到，一定也會有這種感覺的吧。

雪花沒有回答。是沒有聽到？不可能的吧。難道是睡著了？她再舉手想去敲門，但又立即放下手。她應該推門進去看看。她想。今天，她好像對雪花感到害怕。

她回到自己的房間。房間裏，靠近窗下的地方有一張小桌子。桌上放著手套、鑰匙、駕駛執照和一疊鈔票，剛才那一千塊也在裏面。

在靠近窗下的地方，有一幀六吋大的照片，是她十八歲時所照的照片放大的。那時她還沒有結婚。本來，她也有一張結婚照，但自阿福走了以後，她就把結婚照拿下來了。

她看著自己的照片。她長得並不漂亮。但那時候，她年輕，而且還有頭髮。她摸摸自己的頭，忽然把假髮抓了下來。

那時候，她已和阿福結婚，雪花還沒有生下來之前，她還在工廠工作。因爲有了孩子的關係，她突然感到頭暈，稍微不小心，頭晃了一下，所有的頭髮都被機器捲住，統統被拔掉了。她整個人昏了過去。同事們把她送到醫院。大家都說她運氣好，撿回了一條命。

由於醫生醫治不得法，頭部發生潰爛的現象。後來，經人介紹到一家比較大的醫院，利用移植皮膚的方法，才算治好她。但她頭上，卻永遠再也長不出頭髮了。

雖然她受了許多苦，總算安全生了雪花。

她買了一副假髮戴上。假髮做得還不錯，好像是眞的，也可以經常更換髮型，更不必出去做頭髮，實在又經濟又方便，外人也看不出來。

但在家裏，阿福喜歡作弄她。他一下要她戴上，一下又要她脫下。他要她換個新的，有時還建議她去買一副洋人的頭髮。

阿福叫她脫下假髮，摸著那光滑的頭皮，也用指頭指著算她皮膚移植的痕跡。說她頭上貼著世界上最好、最貴的小磁磚。

那時，她總是紅著臉，帶著笑讓阿福取笑。但阿福好像對她漸漸冷淡和疏遠。有時，連在床上，都不去摸她的頭了。

而有一天，阿福突然丟下了她和孩子，不知去向了。有人說，在加工區見到他，她本來想去找他，但路程太遠，帶著孩子不便，而且也不一定能找得到他。

她想再回去工廠，但一進工廠，她就感到害怕。她換了好幾種工作，最後在五年前，去學開計程車。

這時，她想起也許沒有把車窗關好。她完全忘記是否已把車窗關好。上一次，車子裏的收音機還被人偷走了。

她下去，把車窗檢查一下，再看看相撞的地方。一千塊錢，可能不夠修理的吧。她又想到那個人，越想越氣。誰教他撞上來，又誰教他不管有沒有理，一開口就罵人。他以爲先罵人，就不必賠錢？如果她不跟他罵，人家還以爲是她不對呢？

也許她不應該和他對罵，更不應該用那種話。以前，她有一個阿姨，讀過日本時代的高女，就說台語是世界上最粗的話，所以連在家裏，也一定要說日語。而現在，雪花他們，也似乎不喜歡說台語。

她知道用台語也可以說道理，只是碰到那種司機，是有理說不清的。而那種司機，還是爲數不少呢。而且，她也確確實實吃過不少虧了。

開計程車並不容易，尤其是女人。……

有一天晚上，因爲雪花問她可不可以參加畢業旅行，她想多開幾趟，收班較晚，竟碰到一個客人，拿著小刀抵住她的腰部，另一隻手在她大腿和胸部摸來摸去，要她開到黑暗的地方。她要是抵抗，對方可能會眞的殺她。但她並不怕死。她只想著萬一有什麼事情發生，誰來照顧雪花？她把假髮拿掉。

「你看我，你要是侮辱我，只有兩條路可走，娶我，不然就殺我。你如做不到，立即下車，不然，我就開到警察局去。」

對方看了她一下，臉色立變，把小刀一收，叫她立即停車。她覺得可笑，但卻笑不出來。

她上來，看了看雪花的房門。似乎沒有人動過。飯桌上的飯菜，也依然一動不動。

「雪花，吃飯呀。」

「……」

「妳眞的不吃飯？」

「……」

「眞的睡著了？」她想著。

這十多年來，雪花可說是她唯一的依憑。起先，她並不把雪花看得那麼重要。在雪花六歲的時候，阿福曾經叫人來要。阿福既然不要她，她要他的孩子做什麼？她曾經這樣想著。她提出了一個條件，要孩子，他自己來，而且必須孩子願意跟他去。他來了，把孩子抱過去三次，孩子都跑回來找她。她哭了，說孩子是她的，再也沒有人能把她帶走。

孩子是她的。她願意做任何的事，來養大孩子。

現在，孩子是養大了。她怕有一天，孩子會像阿福一般拋棄她。難道就是今天？

「雪花。」她再叫了一聲。

「我不吃，妳自己吃好了。」

「唉！」

她長嘆一聲，跑進自己的房間裏，倒在床上。她的頭腦很混亂。她也想把雪花的房門撞開，把她抓起來痛罵一頓。罵她，她要那樣，要說那種話，是爲了誰？

但是，雪花還那麼小，她會懂嗎？她又想到那個司機。那個司機的臉在她面前晃動。他在叫，他在罵。那個用小刀抵住她腹部的男人，也出現了。還有阿福和雪花的影子也扭在一起。

她從床上爬起來，望著桌上的照片。阿福曾經拋棄她。雪花也會拋棄她嗎？她看著自己的照片。這就是自己嗎？不是自己，又會是誰？她的嘴角好像在動。是笑？她的眼角也在漾著。是笑？譏笑？有頭髮的，在譏笑沒有頭髮的？美人在譏笑醜婦？笑，笑吧！美人兒，笑吧，大笑吧！

她取下鏡框後面的套板。她的手在發抖。這是所剩下的唯一一張有眞頭髮的照片。她把照片取下來。這照片那麼重要嗎？她把它拿在手裏，兩手一撕，把它撕成兩半。她把它疊好，再撕。她再疊，但卻撕不下去。她把撕破的照片拼起來。但她的手發抖得很厲害。無法拼成完整的一張。笑吧，再笑吧！她對著撕成一塊塊的照片說。

何苦呢？

她把破片撿起來，一張一張放回鏡框裏把套板裝回去。照片依然無法併攏。兩隻眼睛一上一下，左右也不平衡。她取下套板再拼，依然併不攏。

美人呀，這是妳的下場吧。她摸著玻璃。就在那時候，她又覺得照片的嘴角漾了一下。妳還笑？這是惡意的笑。停，不要做那種惡意的笑。停，停！妳眞的不停？

她覺得，對方不但不停，好像反而咧開嘴大笑起來。

你是在笑誰呢？笑我？笑我這個醜女人？難道一切的錯，就是這個醜女人做的？

「幹妳娘！」

她脫口說出，拿起鏡框往自己頭上一砸。嘩啦的一聲，玻璃破了。

「媽！」雪花大叫一聲，衝了進來。

這一叫，她好像清醒了一下。她伸手摸摸頭上。她手上有血。

「媽，妳怎麼了？妳流血了。」

「血？妳怕？」

「……」

「有兩種人不能怕血。司機和外科醫生。」

「……」

「雪花妳怎麼啦？妳爲什麼做傻事？」秀貞抓了雪花的手腕，發現上面綑著繃帶。繃帶上，還有一點血跡。

「媽媽……」

「雪花，媽眞對不起妳。」她說，眼睛直望著雪花。

「媽媽……」

「妳說吧。」

「我來給妳擦點藥。」

「這一點傷是算不了什麼的，倒是妳的。」

「眞的，請妳讓我給妳擦點藥。」

「好吧。」

雪花拿了藥來。

「妳不生氣？」

「……」

「我是說現在。」

「現在已不生氣了。」

「那妳要不要講個故事給媽聽？媽很喜歡妳的故事。」

「以前，我曾經想過，貓爲什麼要抓老鼠。我一直想不通。但這個故事並不好。剛才，我也一直想著這個故事，還是想不通。所以我一直很難過。」

「也很生氣？」

「嗯，也很生氣。」

「那我們先去吃飯。」

「不，等一下。我現在已想通了。我想起了另外一個故事。我想先把故事講完。」

「什麼故事？」

「媽別插嘴嘛。從前，有一隻，有一隻母雞……有一隻雞母帶著雞仔子到外面覓食，忽然有一隻老鷹從天上俯衝下來。雞母也是從雞仔子長大的，所以本來也很怕老鷹。但現在牠自己有了雞仔子，就是害怕，也不能害怕。老鷹衝下來，雞母就迎上去，牠和老鷹足足拚了三十分鐘。結果，老鷹飛掉了，雞母也受傷了，雞母的毛都掉光了，頭和翅膀全是傷痕，變成了一隻很醜很醜的雞母，而那些雞仔子卻是好好的。」雪花哽咽的說。「媽，這個故事是不是好一點？」

「很好，很好。」秀貞說，眼眶也紅了，一滴淚水從眼角淌了下來。

雪花還不會用老鴇兩個字來代替老鷹，卻會用雞母，雖然在感覺上雞母比母雞粗鄙一點，而且雪花說起來，也有一點拗口，不很順暢。

一九七八年

我要再回來唱歌

冬天的早晨，天剛亮，彩鳳突然驚醒過來。在這些日子裏，每天天快亮的時候，她常常會忽然睜開眼睛。她好像聽到一點微弱的聲音，從廚房那邊傳過來。一定又是婆婆在弄早餐了。

天氣很冷，彩鳳一抓起晨袍，匆匆披上，趕到廚房一看，婆婆果然在裏面。飯已煮好了，煮湯的鍋擱在爐上，可能因爲天氣冷，炊煙顯得特別濃。婆婆站在爐前，一手拿著歌譜，一手打著拍子低聲唱著。

「媽，我說不必那麼早……」彩鳳說，內心覺得又感激，又愧怍。

「在鄉下，早起慣了，要睡也睡不著。」

婆婆來台北已兩個多月了，每天好像和她比賽誰早起來一般，搶著做早飯。婆婆沒有來的時候，他們都吃得很簡單，有時只沖一杯牛奶，啃兩片土司麵包就算是早餐，但婆婆一定不依。

「你們都要上班，吃那麼一點，營養怎麼夠？」

婆婆雖已六十多歲了，講話的聲音還很清亮。

她身上罩著一件白色的圍裙，毛衣的袖口捲起，拿著歌譜的手，已被冷水凍得紅紅的，看來有點浮腫。她臉上沒有抹粉，皺紋比較明顯，頭髮沒有完全梳攏，有幾根半白的頭髮鬆散。她戴著一副老花眼鏡，可能是水煙的關係，顯得那麼莊重。

「媽，妳去休息一下，剩下的讓我來。」

「休息，我每天都在休息。除了這一點事，我不是整天都在休息嗎？」

「等一下正宏起來，我又要挨罵了。」

「罵什麼？正宏今天還是到工廠上班？」

「嗯。只有星期一，要在總公司開會，可以遲一點出門。」

「沒有聽到要調回總公司的消息吧？」

「可能還要等三、四年吧。」

「那妳也要多辛苦幾年了。該叫他起來了吧。」

「我已起來了。」正宏也站在廚房門口，雙手一伸，長長的打了一個哈欠。

「媽，妳也眞是，我不知說過多少次了，給彩鳳弄就好了。」

「這一點事，我還可以做。」

「媽……」正宏好像要說什麼，卻又吞了進去。

「什麼事？」

「沒有，沒有什麼。」

「圓圓還在睡覺吧。」彩鳳問。

「我去看一下。」正宏也接著說。

「小孩子，讓她多睡一下吧。等一下，我帶她去幼稚園。」

圓圓是正宏和彩鳳的女兒，還不到五歲，因爲兩個多月前發了一次高燒，久日不退，正宏寫信回鄉下，請母親前來幫忙照顧。因爲夫婦兩人都上班，三歲的時候，就提早讓她上幼稚園了。但她一生病，兩人就忙不過來了。

「正宏，彩鳳，我把孩子送去上學之後，就回鄉下去。」

「妳要回去？」

「你們都記得吧，明天是爸爸的忌日。」婆婆說，聲音有點哽啞。

「媽，妳不必回去，我叫彩鳳買一些東西回來給爸爸做忌日。」

「不，我要回去。」

「那邊的，大哥會照料，妳在這裏不是一樣？」

「不，不一樣。我必須回去看看。」

「那圓圓呢？」

「她可以再上幼稚園了。我在這裏，她就賴著不上學。而且，我們昨天已講好了，她答應讓我回去。」

「眞的？」

「我覺得她很聰明，也很好講話。」

「阿媽，阿媽……」

就在那時候，圓圓推開房門出來。她光著腳，身上穿著一件薄薄的睡衣。頭上結著兩個髮辮，有一個，髮帶已鬆開了。

「圓圓，妳那麼早起來做什麼？」

「我找不到阿媽。」

「阿媽在這裏，妳穿這樣子不行，趕快拿棉袍來。」婆婆說，把小女孩抱了起來，摟在懷裏。

「阿媽。」

「圓圓好乖。阿媽不是在這裏嗎？」

「阿媽，妳不要回去。」

「傻瓜，我們昨天不是講好了？」

「阿媽，妳不要回去。」

「妳要去上課，知道嗎？」

「知道，可是阿媽不要回去。」

彩鳳下午下班，去幼稚園一看，知道婆婆並沒有走，已把圓圓接回家了。

她回家，先站在門外一聽，知道婆婆和圓圓在鋼琴前，用一隻手指彈著單音，在學唱歌。

「阿媽好笨，這一句唱了好幾次，都唱不對。」

「阿媽好笨，圓圓最聰明，我們再來唱一次。」

……

一隻青瓜一張嘴，

兩隻眼睛四條腿，

「不對，不對。是青蛙，不是青瓜。」

「青蛙，對，青蛙才對。」

「媽。」彩鳳推開門進去。

「媽，阿媽好笨，老是唱一隻青瓜，一隻青瓜。」

「阿媽的聲音好好喔。」

「圓圓的聲音也好好喔。」

「當然，圓圓的聲音當然好好喔。」

「媽，妳來彈琴好不好？」

「好呀，先唱阿媽的歌。」

「媽，先唱圓圓的歌好嗎？」

「對，先唱圓圓的歌才對。」婆婆說。

彩鳳坐在鋼琴前，輕輕地彈著。

一隻青蛙一張嘴，
兩隻眼睛四條腿，
噗通噗通跳下水呀，

……

「圓圓好棒喔！」一唱完，婆婆就猛拍著手。

「阿媽好棒喔，這一次沒有唱錯呀。」

婆婆在兩個多月前來幫忙照顧圓圓，經過一個禮拜，看圓圓的熱度一退，病也好了，就一直想回鄉下去。以前，婆婆來台北，最多只住過兩夜。

彩鳳曾經想盡了辦法要把她留下來。她帶她去看戲，她沒有興趣，帶她去逛百貨公司，她說東西太貴，帶她去餐館，她也吃不多，她唯一的興趣，就是帶圓圓出去走走。彩鳳正沒有辦法，學校裏一個同事告訴她，說有個朋友在合唱團當伴奏，裏面有一個老人團，團員都是五、六十歲的老人家，也許可以帶婆婆去看看。

彩鳳眞的帶了婆婆去，婆婆果然一看就發生了很大的興趣。婆婆說在台北，除了合唱團，沒有一樣比鄉下好。

以前，彩鳳和正宏回鄉下，也曾經聽到幾位長輩說過，婆婆從前也很喜歡唱歌，而且唱得很好。她也曾經對婆婆提起過這件事，但婆婆卻不承認。當時，彩鳳曾經看到她臉上掠過一點暗影。

這一次，婆婆來台北，彩鳳也沒有想到合唱團的事，更沒有想到婆婆居然會著迷。

婆婆最大的困難是在歌詞。歌譜方面，她是毫無問題的，可見她在年輕時的確有點根基。

婆婆有時也會坐在鋼琴前，自己彈著單音，把音調配準，有時碰到難一點的，就請彩鳳伴奏。彩鳳的鋼琴不算好，但還可以應付一下。

至於歌詞，就沒有那麼簡單了。婆婆的歌譜上，總是密密麻麻地打著各種符號。有些是註著台語的發音，有些好像是日文的假名。彩鳳實在沒有想到婆婆那麼喜歡音樂，更不瞭解以前問她時，爲什麼還要否認。

自從婆婆參加合唱團以後，彩鳳就常常看到她一個人在哼著歌，有時在廚房煮菜的時候，有時在掃地的時候，有時在洗澡的時候。開始，她唱得很低，好像有點畏怯，但越唱越清晰。她雖然年紀那麼大了，她的聲音卻還很清純，聲量也還相當足實。

有一次，彩鳳在深夜醒來，看婆婆房間的電燈還開著，以爲她睡了忘記關燈，但打開一看，看到婆婆正埋頭抄著歌譜。

對這件事，連正宏也感到了意外和驚奇。

「我們一直沒有辦法留住她，這一下，恐怕要趕她都趕不走了。」正宏笑嘻嘻的說。

「大哥他們也先後來問了好幾次，說媽媽怎麼還不回家。」

彩鳳說，和正宏交換了一個眼色。

「圓圓唱得好好喔，下一首歌該輪到阿媽了。」

「嗯。」

「阿媽唱什麼歌？」

「雨夜花。阿媽最喜歡雨夜花。」圓圓說。

彩鳳先起了音，婆婆站在鋼琴旁邊，和以前一樣雙腳併攏，一手扶搭著鋼琴，她的手好像在輕輕地發抖著。她深深地吸了一口氣，看來有點緊張。這是以前沒有的現象。

「雨……」

婆婆只唱了一個字，音調就突然變了，聲音也哽住了。彩鳳轉頭一看，婆婆已垂下頭，眼眶也紅了。她把眼鏡拿下來，用手背把眼眶擦了一下。

「媽，怎麼了？」

「阿媽。」圓圓也走過來接了婆婆的手搖著。

「我，我想回去。」

「阿媽，不要回去。」

「圓圓，不要這樣。」

「圓圓，阿媽必須回去。」

「媽，妳眞的非回去不可？」

「嗯。」

「那也要等正宏回來。」

「等他回來，怕太晚了。」

「正宏吩咐我明天買東西回來給爸爸做忌日。」

「我必須回去一趟。」

「那我送妳去火車站。」

彩鳳帶著圓圓送婆婆去火車站，在等火車的時候，請她去吃點點心。

婆婆告訴她，她以前很喜歡唱歌，正宏的父親也一樣，兩個人剛好是一對。但正宏的祖父和祖母都是鄉下人，而且都很守舊，不贊成女孩子唱歌。有一次，在鎮上有個遊藝會，正宏的父親帶她一起去，兩個人一起上台演唱。

祖父和祖母知道了這一件事，都很生氣，說女人家上台唱歌成什麼體統，又說只有乞丐、藝妲、走江湖的和戲子才那樣拋頭露面，禁止她再上台唱歌，不然就要把她趕出家門。

她很害怕，就是平常在家裏，也不敢再唱歌了。但是那些歌卻一直要衝出喉嚨口。

有一天，她實在按捺不住，就在房間裏輕哼著。那是在睡覺之前。她一哼，自己也嚇了一跳，趕快把口堵住。但正宏的父親已經聽到了。他要她唱下去，她不敢。他忽然想了一個辦法，用棉被蒙住她，他也鑽了進去。她輕輕地唱，雖然不能放聲盡情的唱，她卻很滿足，因爲只有一個歌者，也只有一個聽眾。有時，他也會陪她唱，有時合唱，有時對唱。他們把這當作日常生活的最大樂趣，好像整天的工作就是爲了這個時刻，整天都在等待這個時刻快點到來。他們一到傍晚，就把家裏的事趕快做好，有時他看她做不完，就來幫忙她，然後兩個人把房門關起來，躲到被窩裏唱歌。

祖父和祖母雖然也覺得奇怪，也可能知道，但卻沒有深究。他們就躲在棉被裏，不停地唱。

在冬天，棉被裏很溫暖，但一到夏天，他們經常唱得滿頭大汗。但他們把汗一擦，又繼續唱下去，一直唱下去，一直到有一天，正宏的父親因病去世。

正宏的父親去世之後，有時她也會蒙在棉被裏唱著。但已沒有人聽她了，也沒有人和她的了。當然，有時，她也會覺得他就在身邊，她就多唱幾首。但，有時她也會覺得他已離開她很遠了。有時候，她唱得很認眞，有時候，哭泣代替了歌聲。日子一久，他的影子也越來越模糊了，她唱歌的聲音也越來越低，有一天，終於連她自己都聽不到了。

慢慢地，她把歌詞也忘了，把曲子也忘了。等正宏的祖父祖母都過世，環境也變了，已沒有人再干涉女人唱歌的時候，她已沒有歌了。

彩鳳靜靜地聽著，眼眶也紅了。她的眼睛還是直直地望著婆婆。婆婆的臉已漲得緋紅。彩鳳覺得，婆婆在這時候，好像年輕了好多，但婆婆的視線一碰到彩鳳，就垂了下去，臉也漲得更紅。

彩鳳很感激。她在心裏想著，婆婆這種話，就是親生的母親，也不一定會講出來給她聽的吧。她伸手去拉著婆婆的手。

圓圓也睜大著眼睛望著婆婆，靜靜地聽著。難道她也懂些什麼嗎？

「阿媽……」

「圓圓最乖。」

「阿媽，妳眞的要回去嗎？」

「嗯。我會再回來的。」

「媽，妳是要回去唱歌給爸爸聽？」

「嗯。」

「在棉被裏？」

彩鳳好不容易才開口問了這一句話。起先，她覺得有點過分，臉也漲紅了。隨即，她又覺得，婆婆已能把心裏的祕密告訴她，她爲什麼要那麼拘謹呢。

「嗯。現在，我雖然可以自由唱歌了，但我還是想藏在棉被裏唱。昨天晚上，我和圓圓一起睡覺，我們一起學唱歌，後來她累了，就要我唱給她聽。我唱了，我一邊想唱給她聽，另一邊卻想唱給他阿公聽。這幾天，可能是因爲他的忌日逼近，我一直想著他。後來，我看圓圓已經睡了，就改唱一些老歌，好多歌詞都忘了，我就哼著，有些連曲子也忘了。我唱了很久，但總覺得他不在身邊。也許，因爲我已忘了好多，唱不完全，我的聲音也比以前差了，也許是對台北的房子還陌生。所以我要回去，我要躺在那舊式的八腳眠床上，蒙在以前和他一起蓋過的棉被裏，唱歌給他聽。我覺得，那樣子，他也許可以聽到。」

婆婆說，眼眶更加紅了，眼淚也掉了下來。彩鳳趕快把手巾遞給她。

「阿媽，妳眞的會再回來？」圓圓趕快問。

圓圓的眼眶也是紅的，難道她也知道什麼？

「嗯。」

「媽，妳眞的會再回來？」彩鳳也覺得喉嚨哽住了，勉強開口問了一聲。

「我，我不會騙妳，也不會騙圓圓。圓圓，阿媽騙過妳嗎？」

「沒有。」

「我要再回來唱歌。我要學唱新歌，更要把以前唱過的老歌唱好。這一次回去，要是運氣好的話，也許還可以找到一些舊歌譜吧。」

一九七九年

堂嫂

我第一次見到堂嫂，是在四十年前，母親第一次帶我到觀音寺去燒香。那時，我只有六、七歲，而堂嫂已十六、七歲了。

我還記得，母親第一次帶我到嶺頂，家人都說路太遠，我一定會累死。路的確遠，用大人的速度，單程就要兩個半鐘頭，但我一點也不覺得累。

那是一個寒冷的下雨天，整天下著細細的雨。母親和我都打著赤腳，走在泥濘的赤仁土馬路上。土很黏，泥土底下藏有大大小小的石礫，在冬天特別戳腳，走起路來，不覺拱起腳底，泥土又從腳趾縫擠上來，黏住腳盤，增加了腳的重量。每次，我看到水窪，就踩腳進去，洗淨腳上的泥巴，再抬頭一看，母親已走遠了。我跑步追上去。等我趕到，又是滿腳泥濘了。

母親走在前面，打著黑色的雨傘，頭也不回向前跨著大步。那時候的雨傘好像特別的大，幾乎把母親的整個身體罩住了。

母親穿著黑色的衣褲，那是出門去燒香或吃喜酒時才穿的。母親的腳步很大，走起路來還可以聽到褲管拂擦的聲音。

路在狹長的山巒之間，兩旁還有一些細長的耕地。土已犁翻，浸泡在水裏等待春耕。在田地間，有幾隻白鷺鷥走動覓食。

那是一條很長很長的路，路的兩旁種著油加里樹。因爲下雨，黃褐色的路已變成深紅褐色，遠遠看過去，路面彎曲而向上延伸。有橋的地方，路面向內縮，從路旁打斜豎著一排排白色的水泥柱，警示來回的車輛。

那時候，車輛並不多，車還未到，就先聽到隆隆的引擎聲，行人就避到路邊，怕車輪輾起泥水，潑髒衣服。

我們走了很久以後，母親指著路的頂端說，快到了，那就是嶺頂，我們要去燒香的地方。

我們到了嶺頂，就先在石階路入口處的水泉洗腳。這一次，母親也一起洗。在我的記憶裏，泉水都很冷，觀音寺的泉水，卻比路上的水暖和。母親說，在冬天，和夏天相反，泉水是暖和的。

「娘的，還不趕緊！」

我們還沒站起來，就聽到從馬路的對面，傳來了一個光禿頭頂的老人的厲聲吆喝，看到一個十六、七歲的女人從店裏衝過馬路，來到我們面前。她就是後來的堂嫂。

堂嫂手裏拿著香條和金紙，兩條辮子在肩膀上甩動。我看到她的眼眶紅紅的，嘴角卻露出微笑。

當時，我雖然還小，卻也感覺得出來，那種表情很奇怪。我知道，笑就是笑，哭就是哭，無法瞭解，哭和笑怎麼會同時出現在一個臉上。

在過後還不到三年，堂嫂就招堂哥入贅。這樁親事是母親撮成的。可能是這種關係，以後我們到觀音寺，就常常到堂嫂的店裏去休息。

堂嫂他們的店，在觀音寺石階路口的對面，因為路面很寬，生意要比石階那邊的店差很多，所以堂嫂她每次看到香客，就要橫過馬路去兜售。

堂嫂的父親死了之後，堂哥雖然是入贅，卻坐在主人的位子上，每看到香客，就吆喝著，要堂嫂去追趕。他的口氣和那光頭的老人完全一樣。

「娘的……」

有一次，我們到堂嫂店裏，看她正在餵小孩吃奶，只聽到堂哥一聲吆喝，她一把抓起孩子，緊摟在胸前，一手抓著香條和金紙，往前衝過馬路。她的一隻乳房，是完全光裸的。

堂嫂折回來的時候，眼眶還紅紅的，但是她的嘴角還帶著微笑。據說，這是她那過世的父親的規矩，看了客人不准裝「孝男面」，才能做好生意。這一點堂哥也完全學到了。

但過了不久，堂哥卻和別的女人跑掉了。堂哥還對人家說，男子漢，沒有出息的，才去入贅。所以他把堂嫂和兩男兩女四個小孩一起丟下。

對這件事，母親多少也抱有歉意。在母親那一代，一般人認爲替人做媒是一種功德，同時卻認爲做媒只負責到入門。也許母親早就知道堂哥的品性，所以心裏一直感到內疚。

堂哥走了之後，堂嫂和以前一樣，一面守著店，一面看著客人出現，就追上去。這時候，已沒有人吆喝她了，她的動作好像比以前更加敏速。那一段時期，她的眼眶沒有紅過，嘴角卻永遠掛著微笑。

她的四個孩子，就是這樣養大的。

自從母親逝世之後，我每年至少要去嶺頂一次，一直維持到現在。雖然，我不像母親那樣，和堂嫂無所不談，但我和母親都覺得，堂嫂比堂哥更像是親人。也許是因爲她那一張動不動就發笑的臉，也許是因爲我心裏也有母親的那一份歉意吧。

我還記得，第一次我和母親去嶺頂，是走路去的。母親還在的時候，除了一、兩次坐過輕便車之外，我們都是走路上去。一是因爲母親怕汽油味，車班也不多。一是當時的鄉下人，能省錢就省點下來，不會放棄任何可以省錢的機會，走一天半天的路，也是習以爲常。

母親逝世以後，交通已比以前方便了，人也懂得珍惜時間，尤其是我結婚以後，住到另外一個方向去，路程也比以前更遠了，就改搭公路車上去。

現在，路是比以前寬暢多了，路面也早已鋪了柏油，兩旁的油加里樹，也長得更加高大，有些從梢頭截斷的，枝葉也顯得更加茂密。

這許多年來，每個地方都有快速的變化，嶺頂一帶雖然變化較慢，卻也和從前不同了，尤其是最近這五、六年來，變化也相當顯著。

現在，堂嫂屋後的相思樹林已伐開，建立一些工廠，成群棲在那裏的白鷺鷥也被逼搬家了。石階底下的那一窪泉水也改裝了水龍頭。本來，沿著石階路建蓋的幾間簡陋的平房，也陸續改建成兩層或三層的樓房了。但堂嫂的房子，雖然也簡單裝修過，和這些樓房比較起來，就顯得更加簡陋和老舊。

「買香呀！」我一下車，堂嫂就迎出來。開始，她沒有想到是我。

「堂嫂。」我大聲喊了她。

「是妳。」她笑著說。「我眼睛有點不行了。」

「生意好吧。」

「妳在裏面坐一下。」她說，抓起香條，快步衝過馬路。我看到對面石階底下，來了兩個香客。

現在，馬路上來回的汽車比以前更多，速度也加快了，而且爲了行人的安全和方便，還在馬路上搭了一座陸橋。但堂嫂卻和以前一樣，看到對面有香客，就拿起香條和金紙，迅速橫過馬路。當她看到汽車直衝過來，她就舉手輕輕擋住，快步跑了過去。

我從後面看著，看到汽車軋的一聲，在她面前煞住，手心不禁捏著冷汗。她的身體好像比往年又矮了一些。她的腰部也比以前寬厚，腰和腳膝也顯得更加彎曲，兩腳向外張開，尤其是快步橫過馬路的時候，那樣子更像我們以前養在家裏的番鴨母。

我喜歡看堂嫂的腳，那雙又寬又厚的腳。堂嫂到現在還打著赤腳，腳上和臉上一樣爬滿著皺紋，有些地方還裂開成一條一條的溝。這使我想起了母親。也許是因爲母親死得早，或者是因爲經常看照片的關係，我已記不清母親在生時的實在面貌，但我卻記得她的腳。我還記得，母親一直到臨終之前，都還打著赤腳。

堂嫂跑回來店裏，呼吸還是很急促。天氣雖然很冷，她的臉上有點泛紅，額角好像濡有汗水。她把幾根斑白的髮絲向上一掠，嘴角露出那慣有的微笑。

她已是快六十歲的人了。現在，活到六十歲並不算什麼。在大城市裏，六十歲的女人還是滿頭烏髮，走起路來，腰身挺直。其中還有一些人喜歡人家稱她小姐。和這些人比較起來，堂嫂實在顯得太蒼老了。

「這些香，妳就拿去吧。」她端了一杯茶出來，放在我面前。

「不行，不行。」

「是自己店裏的嘛。」

「又不是自己做的。」

「妳拿去吧。屘嬸就不會這樣的。」

我記得母親每次都一定要設法拿錢給她。但她既然提到了母親，我也不會客套，也沒有堅持下去。

「妳不想搬出去和兒子住？」

我沒想到她聽了這一句話，眼眶紅起來了。

她有兩個兒子。大兒子很孝順，小兒子卻正好相反。也許她是在想著這個小兒子吧。

小兒子在結婚之前，是和堂嫂住在一起。他和她的祖父、父親一樣吆喝著母親。當時，我還以爲他們將成爲這個小店的新主人。我實在無法瞭解，以前可以養活五口的店，卻無法留住這一對新夫婦。是因爲人不同了？還是因爲時代不同了？

我知道她的小兒子對她有所不滿，說她因爲他不像大兒子姓她的姓，就不疼他。她堅決否認。其實，我每年至少來觀音寺一次，也可以說，自小看他長大，深知堂嫂不是那種偏心的女人。

聽說，這個小兒子搬出去之後，除了回家拿錢以外，已把老母親完全忘掉了。不，他並沒有眞正忘掉這幢破舊的房子，和這一塊一天比一天更値錢的馬路邊的土地。

「眞的，妳應該搬出去。」我看到她剛才越過馬路的情形，和回來時急促的喘息，再勸她一遍。

「賣香，可以接近菩薩。」

聽了這一句話，我不禁怔住了。我實在沒有想到她會說出這樣的話。在我的想像中，像堂嫂這種人，賣香和賣菜是不會有什麼差別的。

我望她臉上看了一眼，她的臉上已布滿了皺紋，眼眶也略微浮腫，而且帶點紫灰色。也許她已感覺到我在看她，也許是職業上的反應，她的嘴角又鉤起了一絲微笑。她的微笑還帶有點羞澀，就像她年輕時那樣。有人說，人到老，就會恢復年輕時的面貌。

我想著，現在，已不再有人催她了，也沒有人吆喝她了。和每一個人一樣，她的臉上，好像不停有什麼東西喪失。但在今天，我好像看到也增加些什麼。我六、七歲時所看到的微笑卻又明顯地浮現了，而且和眼前的這個微笑相疊在一起。

這使我想到，我每年要到觀音寺一次，一方面是紀念母親，另一方面也是因爲我喜歡看觀音菩薩那溫文和安謐的相貌。

外面馬路上，不停有車子急馳而過。我想起那些被堂嫂擋住的司機的表情。是一種驚訝、不耐和憤懣。

「堂嫂，妳應該搬出去和兒子住才對。」

「不，我要在這裏，才會感覺到菩薩在身邊。」

「那妳就在店裏賣，不要越過馬路。」

「……」她嘴唇動了一下，沒有立即回答。

「不然，妳就走天橋。」

天橋做得很精緻，上面還畫著五彩祥雲圖案，更像一座牌樓。

「妳看那麼多的車子，現在的司機，是踩著油門，不是蓮花，他們不可能是菩薩。」

「不會怎樣的。以前，有一個卡車司機，就在那個彎角，爲了閃避一隻越過馬路的貓，把整部卡車弄翻了。結果人貓都沒受傷，車子也只壞了一點。妳知道嗎？菩薩不但保佑人，保佑貓，連車子也保佑的。」她指著馬路上的一點說，滿臉帶著微笑。

這種微笑，是完全發自內心的。

我的眼睛一直注視堂嫂的臉，忽然間，好像聞到了一股香味。也許，那是擺在木架上的香條的香味，也許是我身上的化妝物質的香味，那香味微弱而幽忽，我不敢確定。但我更願意相信，那是發自堂嫂身上的。

一九八一年

局外人

秀卿從美國打電話來，說她母親逝世，無法趕回家，要我代她去舊鎮看她母親一眼。她沒有留下電話號碼，我也沒有問她。

我和秀卿已三十年沒有見面了，也沒有通過信。我不知道她如何打聽到我的電話號碼。開始，我聽不出她的聲音，更沒有想到會是她。電話的聲音很清晰，眞沒有想到是自美國打過來的。

她只請我去看她母親，她沒有說出理由，也沒有堅持我一定要去。

秀卿曾經是我的女朋友，如果沒有那件事發生，現在她可能是我的妻子。

我和秀卿認識，是在大一的時候。那時候，她高一。實際上，在這之前，我已知道她這個女孩子了。

舊鎮是一個古老的小鎮，鎮上的人彼此都知道，尤其是到台北去讀書的人，要坐公路局汽車上學，經常在車上碰面。我說認識秀卿，是有更進一步意義的。

那天早上七點鐘的班車，和往日一樣，相當的擠。秀卿就站在我的旁邊。車子突然來個急煞車，她整個身子倒在我身上。她是面對著我倒下來的，我感覺到她的胸部，那時候的女孩子，都沒有穿著奶罩。

她的臉紅了，紅得像一張紅紙。她的臉龐光滑而白皙，今天卻紅成這個樣子。

我雖然看不到自己的臉，但由於臉上和耳根的熱度，我相信我的臉也和她的一樣的紅。

我不知道自己爲什麼臉紅。是因爲她的胸部碰到我，是因爲發現到她的臉紅成那個樣子，或者其他另有原因？

「對不起。」她低著頭說，眼睛眨了一下。她的臉還是一樣的紅。我看到她眨眼睛時，也眨動長長的睫毛。

她是穿著白色的制服，黑色的裙子，胸前別著一顆倒三角形的校徽。當時，制服上還沒有繡學號的習慣。

我已說過，我在認識她之前，我已知道她這個人。當時，在光復之後，在舊鎮已設立一所初中，一般人家，都在舊鎮升學，只有一部分成績較好或家境較佳的子弟，才到台北考入所謂有名望的學校。

秀卿也是在台北讀初中的。我還記得她穿著初中的制服，燙得平坦，胸前還繡著「中國童子軍」五字的藍布條。給我印象最深的，是烏黑短髮下的那條三角形領巾。那時候，她讀的是省立學校，我讀的是市立學校，雖然她讀初中，我讀高中，但她讀的學校比較好，看來比我更神氣。而且，我一直長得又黑又瘦，實在不敢想和秀卿這種女孩子接近。

後來，我雖然考上大學，那時唯一的大學，但我心底下一定還留有那種類似自卑的心理。

秀卿的臉型是長度適中的橢圓形，下顎略微突出。以前，我在做夢時，就曾經夢見過她這樣的臉龐。

在白天，尤其是在上下學等車的時候，我卻有一種矛盾的心理。我想見她，又怕見她。我怕見到她，又會做夢夢見她。

這一天，我和她擠在一起，是因爲車子太擠，擠來擠去，剛好站在一起。

「對不起。」她的聲音很低，卻很清楚。

我知道自己有那種奇怪的心理，不敢主動向自己喜歡的女孩子開口。而現在，她竟先開口了，雖然只是輕聲的道歉。

因爲是從同樣的地方上車，車班又有限，我們在車站碰面的機會可說相當的多，尤其是上學的時候，時間相差不多。

我又在車站碰到她。我看她，她也看我一下。我竟敢看她了。她略微低頭，微笑一下。她的嘴唇微微翕動。雖然不是說對不起，卻使我想起那嘴形，那聲音。

她的臉還是泛紅，卻不像上次厲害。我問她幾年級，舊鎮是不是有許多人讀她們學校。兩人就這樣認識起來了。

像秀卿那種女孩子，出身在古老的家庭中，雖然不算最有錢，雖然也沒有父祖輩的人考到秀才，在舊鎮上卻也算是有名望的家庭。尤其在一般人都還沒有普及受中等教育的時代，能讀上第一流的高中，再加上那相當吸引人的外貌，在舊鎮也算是追求的對象。就我知道，有些已畢業或未畢業的高中生，經常騎著腳踏車，在她家附近轉動，有的還到車站等著和她坐同一班車上學，或回家。

但是，要在街上碰到她的機會非常少，因爲她是住在一座深院大宅裏面。

我和秀卿接近，雖然是那件意外的事情促成，我還是感到有點意外。在當時，一個高一的女生，還是不會隨便讓男生去接近的。在我的感覺裏，總覺得秀卿有一點主動的意味。

我是一個大學生，這是不錯的。我那一年，全舊鎮只有兩個人考上大學。據說，這還算是成績最好的一年。但是，我的家庭並不好，是一個半商半工的皮鞋店，不能和秀卿的家比。像秀卿那種女孩子，在當時的社會，是要嫁給醫生的。

也許，這是一種異想天開的想法。我總覺得她讓我接近她，是因爲她的胸部曾經碰到過我。她是出生在那種舊式的家庭，而這也可以解釋成出自一種貞操的觀念。我的這種想法雖然有些離譜，但後來經過一段時間的交往以後，我知道她有類似的想法。她雖然沒有明說，卻用開玩笑的口吻向我暗示過，這一輩子，她是屬於我的，如果我把她丟掉，她不會自殺，要去當尼姑。就受過新式教育的人而言，這是不大成理的，但對我而言，除了說喜出望外，又能表示些什麼呢？

以後，我們在一起的時間也多了。在上下學的時候，我們也會約在車站碰面。有時，我教她功課，有時也會談一些生活上的瑣事。她很喜歡文學，尤其是中國的詩詞，她說她不打算升大學，要利用時間多接觸文學。這一方面，我可以說受到她不少的感染。

在當時，我們這種交往可說是相當大膽的。那時候，這種男女之間的接觸，雖然有，但是不普遍，尤其是我們都在求學中，而她只有高一。

在開始時，我們的約會是祕密的。當時，電話還不普及，一般的情形都是利用上下學等車的時間，有時比較急的時候，也會利用隔壁代書家的電話。

開始，雙方家人都不知道。我的父親知道了這件事，不但不反對，而且表示能接近那種家庭也不錯。出乎我的意料，秀卿的家人也沒有反對。我的家庭雖然不如她們，但她們都認爲我父親是個老實人。

這以後，我們的交往更自由了。台北的近郊，比較有名的地方，我們幾乎都去過。我們去爬山、划船、釣魚，也一起去打球或散步。

我們經常到田間的小徑上散步、看稻穗、看蝗蟲、看青蛙。有時也會碰到小蛇。她就依在我身邊，讓我拉著她的手。有時，我們也在公會堂附近的樹底下聊天。

在大水河的紅磚堤上，有一棵巨大的榕樹，樹根盤錯，有的已撐破紅磚堤，往下扎入。樹枝上垂掛著一叢叢的氣根，像巨人的鬍子。在樹蔭下，有五、六條一尺見方一丈多見長的石條供人乘涼。她告訴我那是清朝某士紳的墓園石柱，因開路拆下來的。

因爲家庭的關係，她對舊鎭的各種事蹟，比我更爲清楚。我們在聊天的時候，也會有一些小孩在後面吹口哨，或嘻哈笑鬧，有的甚至於還擲樹子，我們都不以爲悖。每碰到這種事，我們總覺得我們是大人了。

秀卿的家，在舊鎭也算是相當奇特的。舊鎭的一般房子，是丈八或丈六寬度，乘上長度十多丈的長條型，分成兩落或三落。但秀卿的家，入口和一般的家一樣，是一丈八的店面，但走進前落到了一個天井，就往三方向展開，形成一個深院大宅。也就是說，占了好幾家份的後院。形成店面的前落，反而堆滿著破爛，有生鏽的腳踏車零件，有舊鍋空罐，有空酒瓶，也有一簍一簍的鴨毛，發出一種特殊的臭味。

過了天井，就可以看到通往三個方向的門階，從這三道門階進去，就是蜂窩般的迷宮，有些相連，有些隔開，構成一座複雜的大居宅。而後面，和前街平行，並夾住這個大居宅的，是一條灌溉用的圳溝，在圳溝邊，有一塊幾百坪大的後院，種植著茄冬、榕樹、樟樹和鳥屎榕，在樹與樹之間的空地上，開闢一小塊一小塊的菜圃。

據說，這裏面住的，或多或少，都和秀卿他們有親戚關係。我不知道這裏面有多少房間。這些房間是用門、牆和天井隔開。牆是紅磚牆，牆上有蛇腹，磚上長著黛綠色的青苔，也長著各種雜草，有豬母乳、厥類、小菅芒。有些牆頂是平坦的，放著大小不同的花盆，種著煮飯花、日日春，也有老一輩女人用來做髮油的蘆薈。牆腳下，有人放著一疊一疊的尺二磚，有的平放，有的豎立，有的放著舊石磨，也有人放著缺了口的石臼子。

在菜圃的一角，挨著一棵小榕樹，有間用磚牆和木板搭成的小茅廁，一扇褪了色的柴門經常半開著，茅廁的旁邊是露天的糞坑。

秀卿他們是大房，因此輩分比較低，住在裏面的，不是叔公輩的，也往往屬於叔父輩。

我去找秀卿，在開始時，經常走錯路。有時候，會走進一間空無一物的舊式大廳，裏面好像寺廟裏的後院，高的屋頂以及前後兩邊的牆壁，都被時間的灰塵燻黑，上面一根橫梁，盪著兩只破舊的大紙燈。這裏面，都算是住家。有的做生意，有的在公所做事，也有些到台北的公司行號去謀生的。裏面，除了一個替木器店雕花的跛腳師父之外，在白天，幾乎都是老年人、小孩和女人。

秀卿的父親在鎮上開一家碾米店。在農業社會裏，碾米店縱不是地方上的首富，也往往是那個地區的中心，他們站在農人和消費者之間，既可賺錢，也可以認識多方面的人。

在這個居宅裏，年歲最大的是秀卿的二嬸婆。這位二嬸婆已是七十多快八十的人了。在人生七十古來稀的世代，她算是夠長壽的了。

據說，二嬸婆已守寡幾十年了。秀卿的二叔公和她的祖父一樣，原來也是開碾米店的，一個在街頭，一個在街尾，把長長的舊鎮夾在中間。

當時二叔公賭米穀，就是參加米穀期貨的買賣，把偌大家財輸光了。他要二嬸婆拿出陪嫁的飾物來還債，她不肯，他就懸梁自盡了。那一間空盪盪的房子，就是二叔公自殺的地方，聽說時常鬧鬼，到現在還沒有人敢搬進去居住。

在一般人的心目中，二嬸婆是個怪老婆子。她經常向人訴說，她丈夫死後，如何刻苦撫育三個孩子，再替他們娶媳婦，他們不但不知孝順，尤其娶了媳婦之後，個個都變成了某奴。她說完，就一把鼻涕一把淚地哭個不休，說她的心肝丈夫，爲什麼那麼忍心，丟下她而去。

實際上，秀卿就對我說過，那三個堂嬸，都是很單純的人，雖然和一般女人一樣，話多一點，心地卻也純良，而且剛嫁過來的時候，也都是阿娘長阿娘短地叫個不停，請她吃飯，她卻不肯。

我到秀卿家，也時常在後院的菜圃裏看到這位二嬸婆。她一個人坐在菜圃的一角，在那茅廁的旁邊，因爲糞坑沒有加蓋，經常有成群的蒼蠅在那裏飛來飛去。二嬸婆就喜歡一個人在那裏繡補著鞋面。

二嬸婆有一對特別小的腳。在當時，小腳的女人還很普遍，但像二嬸婆那麼小的，卻很罕見。她時常用她的小腳炫示她的家世，也時常用她的家世來炫示她的小腳。據說，當時她不肯拿出飾物替丈夫還債，多少也有看不起夫家的意味。

她滿頭白髮，蓬蓬鬆鬆，像無數的銀絲，在太陽底下發光。她的牙齒已掉落不少，兩顆特別長的門牙，又黃又黑，已不容易看到往日皓白的痕跡。

她長得又瘦又小，手背上布滿紫色的血管，皮膚又鬆又皺，而且長滿著褐色的斑點。

她不但怪，而且醜。而且最令人無法忍受的是她的聲音。她的聲音大而尖，尤其是哭泣和詛咒的時候。她詛咒她的丈夫、她的兒子和媳婦。據說她這三個媳婦，個個恨她入骨。

據說，二嬸婆年輕時也是美人一個，全舊鎮無人不知。不過，自從我見到她以後，我從未有過這種感覺。

有一次，我看到她在茅廁邊罵人。她罵人的話刻薄而惡毒，不是咒罵人死，就是咒罵人生病。從她罵人的內容，知道有小孩子在圳溝那邊向她擲石頭。她罵人罵得很興奮，臉也漲紅了。這是很奇怪的事，我反而在她生氣時，從那紅潤的臉，看到她年輕貌美時的一點影子。

二嬸婆的三餐，幾乎都是秀卿的母親供應的。二嬸婆是一個大家閨秀，什麼事情都不會做。她又拒絕吃媳婦所煮的東西，而自己也曾經想用個小烘爐煮烤，卻不知又是誰把她的小烘爐弄壞了。當然，淋雨泡水自己裂破也是可能的。爲了小烘爐的這件事，她又大吵大鬧，還從街頭投訴到街尾，說她媳婦不孝，弄破她的小烘爐，要她活活餓死。

她不但投訴，還會出去求乞。不知道內情的人，都說她可憐。她的兒子和媳婦都很生氣，又不敢去講她。有時，她兒子眞的忍無可忍，說她一聲，她就又哭罵起來，像小孩子那樣，坐在地上不斷踢腳。

她的衣服也是一補再補的。她自稱乞食婆，也好像爲了證明她確實是個乞食婆，她從來不換衣服。有一次，她不小心掉進糞坑，差一點淹死。有人看到，把她拉上來，請秀卿的母親帶她到圳溝，女人在洗衣服的地方替她洗澡，但她還是不肯換衣服，後來秀卿母親費盡口舌勸她，才勉強換過一次。

我是沒有看過的，也許連秀卿的母親也沒有看過。但二嬸婆的三個媳婦都說，二嬸婆有個衣櫥，鎖在裏面的，不但有許多衣服，還有綢布和絲絨。

三個媳婦還說，二嬸婆的桌櫃裏有金銀珠寶，價值相當可觀。這是有可能的。不過，她自己說，她從娘家帶來的東西，爲了撫育那三個不孝子，都用光了。到底怎樣才是正確，沒有一個人知道，因爲連二叔公在世的時候，她就用一層一層的鎖鎖住，沒有一個人可以碰到它。

她對秀卿的母親最好。就是這樣，她也沒有對秀卿的母親提起過有關她的寶物的事。

她逢人便說，秀卿的母親是世界上最孝順的女人，不知比自己的媳婦好多少千倍，並經常說一些吉利的話來祝福她。

她對別人說，她百年以後，要秀卿的母親替她換壽衣，送她上山。自從上次她掉進茅廁以後，就說要秀卿的母親替她換壽衣，不要自己的媳婦去碰她。她說，她所說的話都是當眞的，如果下一輩的人，有誰敢不聽她的話，她死後一定要作祟。這些話，她不知道向多少人，說過多少次了。

她也說過，要留一點東西給秀卿的母親。秀卿的母親，自己不愁吃、不愁穿，什麼都不敢要。但是二嬸婆說，那是手尾錢，非拿不可，並且故意大聲說，不拿就是不孝。秀卿的母親也只好答應。但是沒有人知道她要給她什麼。

有一天，我和秀卿認識之後不到一年，二嬸婆突然死掉了。二嬸婆年紀很大，卻沒有人聽說她生過病。當然，一個七、八十歲的老太婆，忽然死掉，也不會令任何人感到驚奇的。

二嬸婆是死在茅廁後面的一個小草寮裏。本來，那是一間工寮，有兩個長工睡在那裏。後來，長工走了，二嬸婆就搬進去住。

那是一個烏冷的夜晚。開始，還有人以爲她是凍死的。也有人說，她煩惱秀卿的母親得到絕症，煩惱過多而死。

我和秀卿認識，大約有半年之後，秀卿忽然哭著告訴我她母親得到癌症，恐怕活不到半年。我問她什麼癌，她沒有說，所以我猜是子宮癌一類的病。

我勸他們到台北大醫院檢查，他們卻說有人提供祕方，改吃中藥。

這件事，本來是瞞著秀卿的母親的。有一天，秀卿和她嫂嫂相抱而哭，被她母親撞見，她嫂嫂經不起母親追問，咿咿呀呀，又哭出來了。

二嬸婆知道了，也來看秀卿的母親。她拉著秀卿母親的手說，本來待黑頭送白頭，想不到適得其反。她又說，她百年之後，恐怕沒有人會替她穿壽衣了。

秀卿的母親也勸她，她三個媳婦都不是壞人，應該多讓她們接近，多讓她們替她做事。但二嬸婆堅持不跟她們妥協，死也不變。

秀卿的母親也勸她不要住在菜圃裏，說裏面房間很多，要她搬進來住，她也不聽。

面對著死神，秀卿的母親非常冷靜。她雖然沒有說出來，卻用各種方式把後事一一交代清楚。她叫秀卿的父親，以後一定要續弦。

她也叫我過去，說秀卿雖然還在讀書，可以說已是我的了，她有什麼不懂的，要我教她。她又說秀卿是個很乖的女孩子，將來必定是個好太太。這一點，我是相信得住的。我看得出來，秀卿在許多地方和她母親非常相似。她母親說完，就拉了秀卿的手放在我的手中。秀卿的手，我是拉過的，但這一次卻有完全不同的意義。

至於她母親的手，我是第一次碰過的。她的手乾乾的，有點涼，有一種清爽的感覺，我實在看不出，這是一個將離開人間的人。

當時，我也的確想到，照顧秀卿，使秀卿幸福和快樂，將是我的責任。

秀卿母親的另外一個責任，就是勸二嬸婆和她的媳婦和解。這件事，本來也沒有什麼。大家都以爲秀卿的母親會勸得動二嬸婆，因爲二嬸婆只聽她一個人的話。其實，就是勸不動，也沒有多大的關係。

誰也沒有想到秀卿的母親還沒有死，二嬸婆卻先死掉了。

開始，大家都沒有感到什麼異樣，一直到二嬸婆的大兒子，也就是秀卿的大堂叔去請醫生開死亡證明時，事情才急轉直下。

醫生說二嬸婆有他殺嫌疑，是被人用棉被蒙住，窒息而死，叫他們快去報警。這消息立即傳開全舊鎮，在舊鎮引起軒然大波。

警察也來了。不過，現場早已破壞。自從二嬸婆的死訊傳出之後，已不知有多少個人來過這裏了。而且昨天晚上還下過一場大雨。

這件事是發生在三十年前，當時警力還相當薄弱。有些警察是日據時代留下來的，有些，好像是臨時招雇的。

有的警察說，這不是凶殺案，是那個醫生糊塗，節外生枝。但也有的警察主張要規規矩矩地偵察。主張偵察的警察說，殺人必須有動機，而這些動機，不外乎情、仇、財。

大家都知道，情殺是不可能的。一個七、八十歲的老太婆，在幾十年前就死了丈夫，在守寡的期間，雖然言行怪異，在感情方面卻一直平靜無浪，是不可能的。但是，爲了程序，也要先列入考慮，爾後再予以排除。

至於仇殺，似乎也不可能。她除了不能和兒媳婦和睦相處以外，可說與世無爭。由於她的言行和舉止，她三個兒子大傷腦筋，而三個媳婦，可說恨她入骨。但是這個晚上，她們都去竹橋鎮的親戚家看年尾戲，因下雨河水漲起，渡船停擺，就住在親戚家。

至於財殺，也不可能。從外表上看，她是一個乞食婆。有人說她可能有錢，但是外邊的人都不知道。她的兒子和媳婦知道她可能還有些錢，但那也只是猜測。而且她的桌櫃還是好好的，沒有人動過的跡象。從把手上的灰塵，甚至可以斷定連二嬸婆本人也好久沒有碰過。桌櫃的鑰匙也好好地放在她腰袋裏，緊緊繫住。警察也想到她如果眞的有錢，她一死，這些錢自然會流到兒子和媳婦的手裏。

她的三個兒子的經濟一直不算很好，自二叔公故世以來，幾十年間，一直沒有顯著的改善。但他們卻沒有一個會做這種事的。至於她的媳婦，前面已說過，一起去竹橋的親戚家看年尾戲，被大水困住，沒有回來。

不管從哪一個方向推測，最有可能做這種事的，還是她那三個媳婦。其他的人，可說沒有任何動機。當然警察也想到是不是三個媳婦故意躲開，造成不在場的證據，另外叫人來謀殺。這也好像講不通的。二嬸婆已是七、八十歲的人，她們沒有理由不能再等幾年，而這些日子來，也沒有突然的事件，足以激怒任何一個媳婦。

警方按照程序，打開二嬸婆的桌櫃。那裏面有一個很精緻的盒子，裏面眞的藏著不少金銀珠寶，而且比大家所猜想的更多。據說那些東西的總價值三萬元左右，而當時鎭上一幢有店面的三落房子，也不過一萬元。大家都不瞭解這麼有錢的人，爲什麼還要裝成乞食婆。

這些財物，後來還是發還給三個兒子平分。但這件事本身卻越來越撲朔迷離。她的財產雖然沒有損失，卻不能說不是爲了錢財。她的死，的確使三個兒子都發了一筆小財。這也是令人感到困惑的事。

也許，這只是一件偶發事件。在冬天的農閒期間，後院邊的那一條圳溝每年定期斷水，也可以做必要的塡補和疏浚。說不定有人從那邊涉水過來，被二嬸婆發現，一時驚惶，把她弄死。

警方也注意到這一點，卻找不到一點證據。依照當時的警力和警察水準，實在沒有能力做更徹底、更有效的偵察工作。

警方也想把各房子之間的牆壁和天井做更徹底的檢查，但是和我初到那裏去時一樣，經常弄錯方向，走錯房間。

二嬸婆的屍體放了好幾天，雖然是冬天，天氣相當的冷，卻也漸漸支持不下去了。

在三十年前，不管是人力或制度，都無法和現在比擬。本來，警方也考慮爲二嬸婆做解剖，但在她家人苦苦哀求下，不但未做解剖，反而准予收殮和埋葬。

依照二嬸婆生前的意志，三個媳婦都不敢去碰她，自洗刷、梳頭、打扮和換壽衣，一切都由秀卿的母親包辦。秀卿的母親做得很誠摯、很細心，也很滿足。誰也不會想到她自己是個不久人世的人。大家都覺得，幸好她還活著，才有人替二嬸婆做好後事。

在葬禮的過程中，警察也派人來密查。那些人都穿便衣，卻也沒有查出任何蛛絲馬跡。

聽說這些便衣曾私下告訴過別人，說秀卿的母親雖然不像二嬸婆的三個媳婦哭得死去活來，卻用最眞誠的和最沉痛的態度表示哀悼，令旁觀者深深感動。

在出殯的那一天，秀卿的母親昏倒過兩次。人家勸她不必送上山。她不是眞正的媳婦，而且自己的身體也不好。但是她堅持非送不可。

我在前面已經說過，秀卿的母親知道了自己的病症之後，把重要的事情都交代清楚，再經過二嬸婆的喪事，可說，已沒有任何的牽掛了。

三個媳婦平分那些珠寶之後，也記起二嬸婆說要留一份手尾錢給秀卿的母親。三個人商量一番，湊出一點數目，但秀卿的母親怎麼也不肯收。她只要求給她兩對日據時代的龍銀，說將來要一對給秀卿，一對給秀卿的嫂子。

葬禮過後，大家也漸漸把這件事忘掉了。警方一直很忙，似乎沒有餘力再來追究。

說老實話，我對秀卿的母親的健康情形比對二嬸婆的死更關切。其他的人，也一樣的吧。

不知多少次了，秀卿的母親曾經告訴秀卿，她很高興能替二嬸婆梳洗、換壽衣和送上山。她還說，二嬸婆的樣子很安詳，甚至可以說很漂亮。她雖然沒有說，我們卻可以聽得出來，萬一她比二嬸婆先走，二嬸婆就不可能有這一份福氣了。

秀卿的母親說，她剛嫁過來的時候，二嬸婆才四十多歲，以那時候的標準來說，已算是相當歲數，人卻還很清秀，頭上沒有一根白髮。這一次，她能把二嬸婆打扮起來，雖然不可能恢復三十年前的樣子，至少也可以看到一些往日的跡象。

她說，二嬸婆能比她先走一步，未嘗不是一件值得欣慰的事。不然，眞的沒有人替她換衣服，甚至連掉進糞坑裏也沒有人理會她。

自這件事辦好以後，秀卿的母親拒絕繼續吃中藥，並開始吃齋。她的決心是驚人的。她連到菜圃去拔菜都不做。她認爲菜也是一種生命。她已把自己的生死置諸度外，但對外界的生命，卻比以前更加痛惜。她說，她要靜靜地等著。

說也奇怪，在往後的幾個月，她的健康情形幾乎沒有惡化的跡象。大家都感到奇怪，大家也都重新抱有希望。我再勸秀卿的父親帶她到台北的大醫院去檢查。開始，她不願意去，經不起家人的勸說，只好去檢查，結果發現她根本沒有那種病。

這似乎不是什麼奇蹟，而是一場嚴重的錯誤。還有人以爲是吃中藥好的，我不敢相信。那是光復不久的當時，醫學和其他的部門一樣，也不很上軌道，誤診雖然難免，這種錯誤確實有些過分。

秀卿的母親可以活下去了。秀卿的全家人都歡天喜地，而我也再在秀卿的臉上找回春天。但奇怪的事是，秀卿的母親卻好像比以往更加消沉，甚至於更加痛苦。她一個人，經常深鎖眉頭，經常把自己關在房間裏，默默飲泣，除了跑去二嬸婆靈前跪拜以外，連吃飯也不出來。

有些人以爲這是她的孝心，也有些人以爲她認爲這一次能復元，完全是二嬸婆的庇佑。但我總覺得不對。有時，我送秀卿回家，經過那些房間和通道，總會有一種陰森森的感覺。這是以前所沒有的。也許，秀卿也有同樣的感覺吧。只要晚一點，她總叫我送她回去。

在這一段時期，有一件非常不幸的事，差一點發生。秀卿的母親投井自殺獲救。秀卿的母親被醫生宣布不久人世時所表現的冷靜和勇氣反而完全消失了。大家更不瞭解的是，應死未死，應該是一件大幸和大喜的事，怎麼反而導致這種結果呢？

當時，我忽然有一種感覺，二嬸婆會不會是秀卿的母親殺死的？這種感覺，對我是一種衝擊。我爲什麼有這種念頭呢？

老實說，在當時警察也懷疑過所有的人，當然包括秀卿的母親。但秀卿的母親是和二嬸婆最親近的人，可以說是唯一能親近的人。大家都說她最孝順，包括二嬸婆，而二嬸婆也只信賴她一個人。當時，是沒有人敢對她有任何懷疑的。

我是不該有這種懷疑的。她的做人，她的言行，都不准我這樣。她對上恭順，對下慈愛，何況又是秀卿的母親，而且我也想不出她有殺人的理由。警察說，殺人必須有動機：爲財、爲情、爲仇。這些動機，對秀卿的母親都無法適用。

開始時，我只有一種感覺，也許可以說是一種直覺，這種想法，在我腦際忽然閃過。我不知道爲什麼會有這種現象。秀卿家裏的那種氣氛，秀卿本人，尤其是她母親的一些反常舉動。

我一有了這種感覺之後，就自動地往下推想。也許，我的推斷完全錯誤。我也希望我的想法是錯誤的。我更希望我根本就不應該有這種想法。我不是多疑，也不是好奇。我想否定自己，但我越想否定自己，卻反而覺得我更應該相信自己。

這時候，我還是繼續去秀卿的家。秀卿的母親總是深深地躲在自己的房間裏，有意躲避我。有時，她家人留我吃飯，她也以吃齋爲由，不出來見人。在以前，我去她家時，秀卿經常在她母親的房間，有時也會帶我進去。但這些日子以來，她不但不帶我，連她自己也很少進去。是她母親不歡迎？或禁止她？

聽說，住在大居宅裏面的其他親戚也有類似的經驗。但他們是否也有類似的感覺？或更明確地說，類似的懷疑？

我曾經問過秀卿，她母親自殺時，有沒有留下遺書？她說沒有，因爲母親不識字。我知道我是不應該問的。不過，我總以爲我和秀卿，是無所不談的。我發現她的回答是遲疑的，甚至有所隱瞞。而且，她的口氣，更有責備的意味。

我不知道她是否知道我在懷疑，我也不知道她自己是否有同樣的心理。也許，她母親會在某種情況，露出一些破綻。果如這樣，她不但懷疑，而且已到了證實的地步。

有一次，我去找秀卿，在通往二嬸婆的房子的通道上碰到秀卿的母親。也許我走路太快，差一點撞到她。她可能是去二嬸婆的靈位燒香回來的吧。

她「呀」地驚叫一聲。也許太突然了，我看到她的臉色發白，臉形都有點扭曲了。我看到她的臉上充滿著恐懼的表情。她是一個從來不會失去冷靜的人，這實在難以令人相信。

她怔怔地站在我的面前，好像碰到貓的老鼠那樣，不能動彈。我也一樣的吧，我連叫她都忘了。但這只是幾秒鐘的事。她的臉上的表情慢慢化開，她又變得那麼冷漠。我已無法再在她的臉上看出任何表情。她也沒有和我說話，掉頭匆匆走開。

我永遠無法忘掉她當時的表情。對她而言，這是非常不尋常的。這是一種異於往常的變化。爲什麼有這種變化呢？而這種變化，又代表些什麼呢？

在探究這種變化的原因之前，我也想到變化的時間問題。當她把秀卿的手壓在我的手中時，和現在是多麼地不同呀。我一直想著這個問題。忽然間，我似乎明白了。在這兩種情況之間，似乎有一條鮮明的界線。在這之前，她認爲自己必死，而在那之後，她知道自己不會死。界線似是劃出來了，卻依然無法明瞭它所代表的意義。

她不想見人，也同樣可以用這個界線來劃分。不，她不是不想見人，她根本就是怕見人。她爲什麼害怕？她又怕什麼？這正是一個關鍵，正是揭開謎底的關鍵。

她不但害怕，而且曾經企圖自殺。如果說，像秀卿的母親那種人，還會害怕到這種程度，甚至企圖自殺，必須有異乎尋常的原因。根據我的推想，這必然和二嬸婆的死有關。也就是說，二嬸婆是秀卿的母親殺死的。

然而，爲什麼呢？殺人必定有動機。這是不待警方來說，誰都知道的。只是，動機在什麼地方？我雖然推測不出動機，我卻確信，秀卿的母親即使沒有直接殺害二嬸婆，至少和二嬸婆的死有密切的關係。

到了這時候，我決心離開秀卿。開始，我只想我不願意見到她的母親。因爲她母親不但不想見我，而且怕見我。而我，雖然不怕她，卻怕見到她。

當時，我也想到是不是把自己的想法告訴警方。我想不出動機，也找不出證據，而當時的警察制度又沒有上軌道。而且，我自己認爲更重要的，就是我和秀卿的感情，以及以前她母親對待我的種種，我實在不忍心如此。

但我還是決心離開秀卿。秀卿太像她的母親。脾氣、外表，甚至連聲音都有點像。我看到她，就想到她的母親。當時，老實說，我對她的感情，並不是對一個殺人者的女兒的那種感情。她使我想起她母親，想起她母親的問題。這些問題一直在我的心中翻滾，使我無法平靜。

我知道我這種決定，對秀卿是不公平的。她雖然像她的母親，但她是她，母親是母親。

老實說，如果警方偵破這個案件，或者秀卿的母親自殺身亡，或者如以前的醫生所診斷，她因癌症而亡，我就不致有那種決定吧。

我就找一個藉口，向家人說明功課繁重，搬到台北，離開學校較近的一個姑母家。

秀卿去家裏找我，沒有找到，寫信到學校給我，我也沒有回信。

對我藉故離開秀卿這一點，家人也相當不滿。這倒不是秀卿的家境比我們好，也不是她們的地位比我們高，而是秀卿聰明而溫順，人人喜歡她。但我的家人一直不知道我離開秀卿的原因是在她的母親，而不是她本人。

有一天下午，我忽然發現她在教室外面等我。她還穿著學校的制服，顯然是學校下課，直接趕來找我的。有不少同學，包括男的和女的，都轉過頭來看她。她長得比以前更加秀氣，更加成熟，雖然臉色也白了一點。她也不管在許多同學面前，一看到我就快步走過來。

我並沒有感到尷尬。老實說，我還是喜歡她。這時候，我也曾經想過，我還是可以接受她，因爲她並不是她母親。而且，在我的印象中，她的母親也不是壞人。

她走在我的旁邊，一直沒有說話。我們一直走到校門口，同學們也陸續分散開了。

「你相信嗎？」她沒有說相信什麼，但我知道她指的是她母親殺害二嬸婆的事。

「妳不相信嗎？」我反問她。

她沒有說，輕輕低下頭，再走了幾步。

「你就是爲了這個理由，才離開我的嗎？」

我本來想告訴她，我離開她，不是因爲她的母親是凶手，而是因爲不忍看到她母親碰到外人時那種恐懼的反應。

「我知道了。」她說，也沒有等到我的回答，突然抱住我的頸子，吻了我一下。爾後，一句話也沒有說，快步離開了我。

我望著她的背影。她那全身的溫暖和柔軟，還一直留在我的胸膛上，比以前她初次在車上倒在我身上時，更直接、更切實，也更強烈。

我在大四那一年，她高中畢業。在同年的冬天，就嫁給一個在大學當助教的年輕人。我不知道她那麼早結婚，是因爲我的關係，或家庭的關係，或純粹是緣分。

以後，我自己也畢業，當兵，爾後成家立業，把整個家庭都搬離舊鎮。這以後，一直到她自美國打電話給我爲止，完全沒有她的消息。

我不知道她自美國打電話給我的理由。她說她母親逝世，要我去看看。我不知道她的意思，是要我代替她，抑或以一個類似女婿的身分，或者還有其他的理由，諸如有關二嬸婆之死的一點蛛絲馬跡。

我不知道爲什麼還想到二嬸婆？每次我想起秀卿，我就想起她母親，爾後順理成章地想到二嬸婆的案件。

我整整想了一個晚上，翌日向公司請假，一個人回到舊鎮去看秀卿的母親。舊鎮已完全變了。以前，我到南部，有時還會從舊鎮經過，但自有了高速公路之後，我幾乎不再走過舊鎮的邊緣了。

舊鎮變得比以前更加熱鬧，走進街道，兩邊店面豎掛各種不同的招牌，鮮明奪目。以前在街上少見的樓房，也矗立在街道兩旁。

秀卿家那一片古宅，已拆掉重建成一排排四樓公寓。聽說，住在這些公寓的人，已不全是秀卿的親戚。她的三個堂嬸，也就是二嬸婆的媳婦，已有兩家搬走，只剩下最小的一個。

我沒有見到那個人。我也不知道，即使再見到她，是否還認得出來。

我見了秀卿的父親、哥哥和嫂子。秀卿的父親已快八十歲了。但臉色還相當清淨，頭髮白而稀薄。已三十年了，秀卿的哥哥更像我認識她時的她的父親。

她哥哥帶我去給她母親拈香。她的遺體已納入棺柩內，但還沒有封蓋。

我走近棺柩，向死者默默行禮。

據說，她還是死於癌症。死於癌症的人，都要經過一段垂死的痛苦掙扎。但是秀卿母親的臉上，卻平靜如水，一點也沒有痛苦的跡象，更沒有驚駭的表情。但也不是冷漠，只是一種平靜、安謐。

聽說，因癌症過世的人，身體會縮小，但秀卿的母親，不知是因爲墊足庫錢的關係，看來還是三十年前的樣子。她的頭髮是白了，正如三十年前的二嬸婆那樣，像一根根銀絲。頭髮也像二嬸婆那樣，梳得整整齊齊。是誰替她梳的？

我又想到了二嬸婆。二嬸婆應該是秀卿的母親殺死的。我似乎更可以確定。但到了這時候，秀卿的母親已死，這似乎也沒有什麼意義了。

我和秀卿的父親坐了片刻。他問起我的生活情形，我一一回答他，他也告訴我秀卿的情形，她的先生在美國的大學教書。他也給我她的住址和電話號碼，我都抄下來了。我知道我是不會寫信，或打電話給她的。

在回程的汽車上，我又想到同一個問題，雖然我一再對自己說，這已沒有任何的重要性。我也推想秀卿叫我去看她母親的動機。如果她是想叫我去找這個問題的答案，那是爲了她？還是爲了我？

如果是爲了我，她很可能早就有了答案了。

其實，她如果眞的已有答案，她也應該知道任何的答案都是無關緊要的。但是，我再想回來，她有心自美國打電話給我，也許不認爲它已無關緊要。

殺人就必須要有動機，這是不待警察來說，也可以想得到的。問題是，秀卿的母親到底有什麼動機呢？

警察說，殺人的動機不外情、仇、財。難道秀卿的母親也是基於這些動機？如果不是，那又爲什麼呢？難道於這以外，還有什麼動機？

殺人的動機，不管是什麼，都是罪與惡。如果不是這些動機，難道在罪與惡以外，又有什麼別的可稱爲動機的動機？

「呀！」我輕輕地叫了一聲。人在下棋的時候，所想不到的妙手，一離開棋盤的時候，就像閃電一般閃現。由於我的叫聲，我感到全車子的人都轉向著我。

由於一種誤導，使我一直以爲所有的殺人，都具有罪與惡的動機。

我忽然想到了罪與惡的另外一面。那就是善良的意志。人也可以爲這種善良的意志而殺人的呢。一個高貴的人，應該有一顆高貴的心，應該具有高貴的動機。

秀卿的母親如果先二嬸婆而去，將有誰來爲她送終？

二嬸婆曾經賭咒，不要她的媳婦去碰她，否則要對她們作祟。秀卿的母親就曾經表示，二嬸婆曾經跌進糞坑，如果她再一次跌進糞坑，將會有誰替她洗滌？如果跌死在糞坑裏，又會有誰來爲她善後？

也許我想得太遠。但我曾經在秀卿家後院，看到跌進糞坑而死的小雞的模樣。我不知道秀卿的母親是否也想到了這裏？沒有人送終的二嬸婆又將是一個什麼樣的樣子？

在二嬸婆的三個媳婦這邊，如果不能把這件事辦好，也將落人話柄。二嬸婆既然賭咒，不讓她們碰觸，這件事對她們也是非常棘手的。秀卿的母親殺害二嬸婆，可說是爲了兩全其美。我說高貴，這便是高貴的動機。而且，二嬸婆的歲數也那麼大了，不管是爲了二嬸婆本人，或是其他的人，都是死比活更好的年齡。當時，秀卿的母親已被醫生宣告死亡，所以在她還有能力做這一件事之前，她必須做這一件事。誰會想到她竟沒有死？預期死而不死，不但不能慶喜，反而導致更大的悲哀。

我想到秀卿的母親這個人，和她所做的這一件事，就禁不住流下淚水。我眞想折回去再看她一眼。在這世間，高貴的人畢竟是不多的。但是，汽車卻往著相反的方向飛馳。

我所坐的汽車前面、後面，以及側面，全都是車輛。路已拓寬了，車輛也比以前多了。我又記起以前通車的情形，我也想起了秀卿。

三十年，並不算短，但那彷彿就像是昨天一般。

本來，這是件無關緊要的事，但現在似乎已不能再等閒視之了。我想秀卿叫我去舊鎭看她母親的遺容，也是由於這樣的動機吧。

由這件事來推測，秀卿是早就知道母親的動機的。否則的話，她又何必專程從美國打電話給我呢？卑俗的人，是無法領會高貴的心的。

我眞想折回去再看她一眼。不，我能看她一眼，也應該滿足了。我似乎更瞭解秀卿，比她抱住我吻我的時候。

我把抄著她的住址和電話號碼的紙條取出來，揑在胸前。我第一次認識她，就在這條通往台北的大路上。也許，我今天這部車子就應該駛過同一個地點。

我回憶當時，我離開秀卿，並不是由於她母親是個殺人的凶手，而是因爲她的母親看到外人時的驚惶和恐懼。這就是我當時的眞正心理嗎？要瞭解這樣的事，也需要三十年嗎？而三十年是不是眞的足夠呢？

我把那張寫著住址和電話號碼的紙條展開，而且又緊緊的一揑，把它放在汽車的窗緣。汽車開得很快，比三十年前當時快得多。一陣風把我手指間的紙條吹掉。

一九八二年

蛤仔船

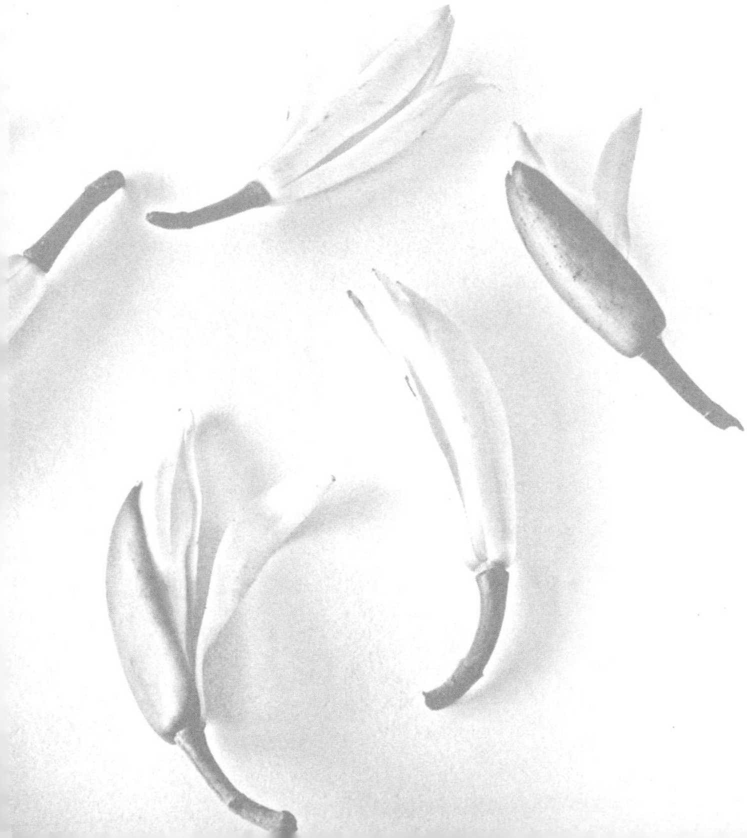

戰前，父親在舊鎮開了一家木器店，製造眠床、桌椅和櫥櫃各種家具。

那時候的家具，最講究的是木料。有香味的肖楠，可以驅蟲，適合做櫥櫃和箱子，堅硬而耐久的烏心石，可以做桌椅和眠床。

在木料以外，中上級的購買者也很重視油漆。一般而言，眠床和桌椅，用大陸產的干漆較多，櫥櫃則用拉克、拉卡、土朱等各種洋漆。到了戰爭的末期，物質匱乏，也曾經用過柿子汁，甚至用豬血做代用品。

家具，除了講究木料和油漆以外，也需要配置一些裝飾物，主要有木雕品和玻璃加工品。玻璃加工品有鏡子、有畫在玻璃背面的山水和美人。木雕部分，有曲迴、蝙蝠和雕花板。

有福師是木雕的師父。

父親並不欣賞有福師的手藝，他雕刻出來的東西，相當粗糙，除非是別的師傅忙不過來，而父親又趕著要用，是不會去找有福師的。

那時候，我還在讀小學。有一天，父親叫我送木料去給有福師雕刻。

開始，我也不喜歡有福師。其實，我是有點怕他。

有福師，跛著一隻腳，時常在街上走動。

他是全舊鎮最有名的人物，或許比日本郡守或街長更有名。

每一次他在街上走動，一般的人都會轉頭多看他一眼，有些人甚至會在背後指指點點，我們小孩子，卻在後面遠遠地跟著。

他走路的樣子很怪，一邊的腋下挾著一根枴杖，另一隻手大力擺動，人先往前俯，再往後仰，看過去好像在划船。於是，有人叫他「蛤仔船」，大人這樣叫他，我們小孩也這樣叫他。

那時候，因爲日本人的管制，已看不到陣頭的遊行，我們小孩子也不大清楚什麼是蛤仔船，只是跟著大人這樣叫而已。有一次，我看到一個鄰居的小孩，還跑到有福師的前面，指著他的臉說：「哈哈，蛤仔船！」

他咆哮起來，拿起枴杖就要打那個小孩。結果重心不穩，人一晃，差一點翻倒地上。

實際上，我也這樣叫過他。有一次，他認出了我，還跑到我家來。父親把我叫過去：

「你有沒有叫他『蛤仔船』？」

「……」

「以後不准你這樣叫。要叫有福師，或有福叔。知道嗎？」

那一次，父親叫我送木料給他，我不敢不去。

我抱了一大堆木料去他家。

平時，我都是把木料放在他家，等他雕好，再去拿回來。但是，有時碰到趕工，我就必須在他家裏等他刻好。

他的工作地點是在中落，大廳的一角。舊鎭的房子，都是窄窄長長的，大多分成三落。前面是店面，中落的前半是大廳，後半是臥房，後段以前也有人用於養雞養豬，但是以後大部分已改成臥房或儲藏室了。

他的工作地點占地不大，可說是只有一個差不多四、五尺長，三尺多寬的工作檯，檯面上，到處留有刀痕和鋸痕。

他工作的地方，光線並不好。其實，整個大廳裏，看來暗黑黑的，大廳中央放著一個貼案，上面供奉著一尊神像，和一座公媽的牌位。後來，那尊神像被搬走，換上日本的神社模型，和日本天皇一家人的肖像。

大部分時間，我就站在他的工作檯旁邊等著。有時，他也會叫我坐在一個圓凳上。他的工作檯上放著許多工具，各種鑿子和雕刻刀，有平刃、圓刃和尖刃的。另外，他有一把鑽子，用繩子拉動的那一種。

這些工具中，最奇特的是他那一把鋸子。他的鋸子和我家用的，完全不同。我家裏的，都是用來鋸斷木料的，只分直橫和粗細，都是用鋸狀的鋼板，固定在木架子上。他的鋸子是要用於在木板上鋸出各種形狀的洞，是用鋼絲做的。他有一把半月形的竹製的弓，直徑有兩尺多，兩端有金屬夾子，用於夾住那一條鋼絲。他用一支鉋刀，在鋼絲上輕輕剁出齒痕，便可以當作鋸子來使用了。因爲鋼絲容易斷，這種鋸子，可以隨時鬆開來更換鋼絲。

我在等候的時候，有時也會把視線偷偷地移向他的跛腳上。

他在工作的時候，有時候會停下來抽菸。那時候，他的腳就會抖動起來。他一抖動，我的視線就會自動地落到他的腳上。我怕看到他的跛腳，但是，我越是不敢去看它，我就越會意識到它的存在。

我看到他腳上穿著黑色的布鞋，像現在打太極拳的人穿的那一種。那時，很少人穿那一種鞋，聽說是有福嬸仿著唐山人的鞋自己縫製的。我看到他的腳，腳尖向內拐，有一點像做鞋子的模子。我用眼睛一掃，就很快地移開，怕他發現我在偷看他的腳。

我在等候的時候，他也會問我學校的功課。有一次，他問我，一條繩子不知有多長，放到古井裏，還剩下四公尺，然後折半放進去，則不足三公尺。問我古井有多深，繩子有多長。

那時，我還沒有學過這種題目，心中有點疑問。把繩子放進井裏，剩下四公尺的情況，我可以瞭解，把繩子折半時，不足三公尺的情況，我就不能明白了。

「人要下去古井裏？不然怎麼知道不足三公尺？」

開始，他有點怔住了，然後哈哈大笑起來。

「這是算術的問題，這叫作假設呀。你不懂嗎？」他摸摸我的頭說，然後在白紙上畫了一張圖給我看。

「做算術題，要盡量畫圖，就很容易明白。」

我想了三、四分鐘，把答案告訴他。他很高興，一直點頭說我聰明。

那以後，我每一次去，他都會找一些問題來問我。

「你長大以後，想做什麼？」

「兵隊桑。」

那時候，日本已向美國宣戰，每天，報紙上都登著皇軍輝煌的戰績，學校裏教的也多和打仗有關的事，小孩子所玩的不是家家酒，而是戰爭遊戲。我記得，那時所畫的圖，全是飛機、戰車和軍艦。

「馬鹿。」

「馬鹿」就是笨蛋，我不明白他爲什麼這樣說我。

此外，他也問我南京在什麼地方，倫敦、紐育在什麼地方。那時候，紐約叫紐育。這些問題，我都一一回答。他也問我世界最高的山叫什麼，我也立刻答出來了。

「不錯，很不錯。」

有時，他也會唱歌，那時，大家都唱激昂慷慨的軍歌。〈代天征討不義〉、〈爸爸你眞英勇〉，我都唱過。而他都喜歡唱〈湖畔的燈光〉和〈荒城之月〉。他的聲音有點沙啞，我卻很喜歡。

聽說，他以前曾經當過小學的教師，怪不得他對小學的功課那麼熟悉，也那麼關心。

實際上，我更喜歡聽他講故事。他喜歡講動物的故事。他問我，獅子和老虎，哪一個比較強猛。我聽說獅子是百獸之王，獅子比較強猛。他說不對，兩種動物，除了在馬戲團和動物園以外，不會碰頭，所以不知誰比較強猛。聽了這些話，我好像有點受騙的感覺。不過，自這一次以後，我在回答問題時就會有一點警覺了。

他講得最動人的是狐狸的故事。他講到最起勁的時候，就把所有的工作都放了下來。

每次他講故事，有福嬸也會到旁邊來聽，通常，她坐在一個用木板釘成的長方型的小木凳上，一邊工作，一邊聽著。她有時縫衣服，有時做布鞋，後來，也搗米。那時候，縫紉機還不普遍，一般的衣服都是用手縫製的。至於搗米，那是到了戰爭後期的事。那時，配給的米是糙米，叫玄米。不知道是誰想起的，大家把米裝在一升瓶裏，用一根小木棍不停地搗著。

有福嬸很少說話，大部分的時間，她都低頭工作。我喜歡看她低頭工作的樣子。那時，因爲戰時，日本人不鼓勵婦女燙髮，她那時雖然不到四十歲，已把頭髮梳成一個髮髻了。她每次低頭，我就可以看到她毛腳下雪白而帶點青色的後頸，像尼姑的頭那種顏色。

有時，她也會抬起眼睛看他一下，她的眼睛大而明亮。他講到有趣的地方，她也會笑，不過從來沒有笑出聲音來，只是在嘴裏輕漾著。他講到悲哀的地方，她也會流淚。他說，有一隻狐狸變成美人去引誘白面書生，因爲太喜歡那個書生，到天亮還不肯回去，被書生的家人抓住，被活活打死，還剝了皮，她就哭出來了。她不敢大聲哭，只是一直揩著眼眶。

有福師夫婦可能都很喜歡這個故事。他已講過不少次了，每一次所說的細節，可能有點不同。但是，不管他怎麼說，她一聽到狐狸剝皮，她就會哭出來。

「馬鹿，這是騙妳的啦。」有福師說，下去托著她的下巴，看她流淚。

那時候，我還不知道什麼是女人的美。不過，我是很喜歡看她流淚的樣子。

父親不喜歡有福師的作品，是因爲他的技術不夠精良，又不肯套模紙。一般而言，那較有經驗的老師傅，除非是雕刻很複雜的花樣，都不需模紙、或模板。有福師從來就不承認自己的技術比任何人差。

有福師不肯用模紙或模板，刻出來的東西往往不對稱，有時連大小尺寸也會有些差異。有一次，他幫我們家刻的面天上的圓鶴和四隻蝙蝠，其中有一隻蝙蝠，竟少了一隻眼睛。

那一次，父親很生氣，決定不再把工作送去給有福師。我很傷心，偷偷地跑去告訴他。

「我眞的比別人差嗎？我眞的要用模紙嗎？」

「嗯，你很忙，我來幫你貼。」

我實在不敢相信這種人會聽一個小孩子的話。

父親的要求並不高。實際上，父親的要求也就是購買者的要求。到了戰時，消費者的要求似乎也不再那麼苛酷了。那以後，我就名正言順，把雕花的工作盡量送去給有福師了。

這期間，我年歲漸漸增加了，也聽了不少有關有福師的過去。有一次，我就問了父親。父親責備我說：「小孩子，有耳無嘴。」不過，在舊鎭，有福師的事件是無人不知的。

那件事，發生在十幾年前，那時，我可能還沒有生出來。

有福師是台北一所私立中學畢業的。在當時，能讀中學的人，本來就不多。他畢業之後，就到舊鎭管轄下一個叫山腳的鄉下去教書。

在教書的時候，經過一位長輩教師做媒，他和學校裏的一位名叫秋菊的女事務員訂婚。這位事務員是保正的女兒。保正就是里長，也是山腳地區的首富。在當時，保正是很威風的。聽說在宜蘭地區，有一位保正因爲火車沒有等他而大發脾氣。

有一天，秋菊到舊鎭來，未來的婆婆留她吃飯，特地殺了一隻大閹雞請她。

婆婆還替她夾菜，一心想挑幾塊有肉的雞塊給她吃。婆婆一面挑來挑去，一面把筷子放到嘴裏吮乾淨。

「吃呀，吃呀！」

但是未來的媳婦對婆婆所夾的菜，卻一口不吃。

「妳爲什麼不吃？」有福師問她。

「那是不衛生的。」

聽說，有一次日本人的街長宴請各保正，在宴會中大嚷起來，叫保正回去，一定要把家人先教好。那一天，日本人街長特別訓示台灣人保正，一定要改正兩點：第一，各人的菜，要分開盛；第二，吃東西時，不要一直吮筷子。這是本島人最不好的吃的習慣。

有福師的未婚妻小學畢業，小學六年中，當過五年的級長。在當時，能當了五年的級長，全村裏，已沒有人不認識她了。她沒有到台北讀高女，並不是因爲家裏負擔不起，而是因爲她沒有考取。

「妳看，阿母連小學都沒有讀，要讓她慢慢地改。」

「不，改不了的。我寧願住在學校的宿舍。」

那一天，她回去以後，就對有福師暗示，她結婚以後，不願意和婆婆住在一起。

「爲什麼？」

「這是本島人的無教養，是劣根性，我不願意讓內地人看不起。」

「妳說什麼！妳自己有沒有內地女人的溫順和教養？」

「那你去娶內地女人好了！」

有福師非常生氣。其實，自從訂婚以後，他就感覺得到這個保正的女兒，氣勢凌人，她的言詞和舉止，有瞧不起任何人的意味，當然還包括他有福師本人。

有福師就找媒人商議退婚的事。那位長輩不但沒有答應，反而責備了他一頓。

「她是保正的女兒呀！」

「正因爲她是保正的女兒，要她的人多著呢。」

「保正有保正的家風，不能隨便做那種事。」

「我一定要退婚！」

那時，有福師還住在學校的宿舍，是日式的平房，後面有院子。他喜歡種花，星期六下午，或放假日，他會請一些小朋友及學校裏的給仕去幫忙。

給仕就是小妹，是工友。那個給仕叫月娥，只有十七歲，個子並不高，皮膚很白，眼睛大大的，眼睛下面的臉上，稀稀的可以看到一些雀斑。她雖然不大，在當時，已是可以論婚嫁的年齡了。

那一天，他只邀月娥一個人。

「妳願意跟我在一起嗎？」他抓住她泥污的手問。

「什麼？」

「妳願意嫁給我嗎？」

「您不是已和秋菊桑訂婚了？」

「我要和她退婚。妳要不要嫁給我？」

「人家是……」

「妳不必管人家是什麼，我只問妳願不願意。」

月娥抬頭瞅了他一眼，又低下頭，沒有回答。

「妳回去想一個禮拜，下禮拜就來這裏。」

「……」

「我不會騙妳。妳也可以問問妳的父親。」

「我父親知道，會打死我。」

下星期，月娥穿了一件新衣服來宿舍。

「妳有沒有問妳父親？」

「沒有。」

「爲什麼？」

「我害怕。」

「妳不怕我？」

「也害怕。」

那以後，每個禮拜天，她來宿舍找他。

不久，她懷孕了。在當時，這是一件非常不尋常的事。不尋常是雙重的，這件事牽涉到兩個女人，有福師必須解決他和月娥的事。以及他和保正女兒秋菊的婚事。

月娥的父親眞的把她打個半死。

「不能再打了，會落胎。」月娥的母親來勸阻。

「落胎就落胎！這種敗家風的女人死了更好，還怕她落胎。」

月娥的父親把她打了一頓之後，立即出去找有福師。

「你這禽獸，還當教師！你打算怎麼辦？」

「我娶她。」

「那保正的女兒？」

「退婚。」

這件事，不但立即轟動了山腳，也很快地傳到了舊鎭。幾乎所有的人都在談論這件事。

「我堂堂一個事務員，還不如一個給仕仔！」秋菊吵個不停。

「妳住口！」保正也生氣。

出乎有福師和許多人的意料，保正並沒有答應退婚。保正說，一個男人，做這種事，並非反常。保正要求有福師和那個給仕斷絕關係，所有的費用由保正負擔。至於小孩，不能認領，交由給仕撫養。有福師不同意這種決定。

保正那邊竟再讓了一步，給仕做小的。以前有錢人家，這種例子不是沒有，小的先娶，以後保正的女兒過門，還是大的。本來，這個條件，保正的女兒不肯，哭鬧了好幾天。保正告訴她：「妳是大的，一切由妳做主。」聽說，保正當時還向女兒暗示過，可以逼死月娥。

不過，有福師好像早已下了決心。他說，一定要退婚，正式娶給仕爲妻。

保正請一個警察去警告過他。聽說那是全郡最凶的警察，是台灣人。但是他也沒有讓步。

「你必須娶秋菊桑。」

「打死我，我也不會娶她的。」

學校那邊說，如果他一定要這樣，就無法容納他。結果，他乾脆提出了辭呈一走了之。

不過，保正並沒有放過他，在他回舊鎭之後，有一天晚上，幾個彪形大漢來家裏找他，剁斷了他的後腳筋。那以後，他就成爲跛腳了。

雖然這樣，他還是和月娥結婚。全鎭的人都說，他們夫婦感情是最好的一對。

事實上，我去他家那麼多次，從來也沒有看過他們吵架。有時，他會責罵她，聲調也相當高。不過，每一次她都低著頭，一句話也不回答。有時，我也看過她在流淚。有時，他自己覺得過分，也會走過來安慰她，摸摸她的臉。

「我就知道，妳哭起來，比不哭的時候好看。」

他這樣說，她也會綻出笑容，還帶著眼淚的笑容。

他們的感情那麼好，許多人說是天生的一對，說這才是眞正的婚姻。但是另外一方面，也有不少的人說，有福師不應該隨便丟棄保正的女兒。第一，保正家有錢、有地位，娶了保正的女兒，前途不可限量。第二，那些保守的民眾認為這樣子，是違背倫理道德的，同樣，也有人責怪月娥搶了人家的未婚夫。雖然這樣，但是以後保正的女兒還是順利地嫁了出去。

不過，不管是贊成或反對，有福師在舊鎮造成了空前的轟動。幾乎每次出門，總會有許多人在背後指指點點，有些年紀比較大的，碰到他，還把臉轉開，或在地上凶凶地吐了一口痰。

「神氣什麼？像『蛤仔船』，不知見笑，還有臉在街上晃來晃去！」聽說，這是鎮上一個老秀才說的，於是有很多人在背後叫他「蛤仔船」，還包括我自己。

可是，他似乎不畏怯，還是經常出來街上走動。

「我要讓人家知道，我所做的，並沒有錯。」

他好像這樣說過。

父親是個生意人，對這件事並沒有什麼強烈的見解。至於我自己，因為年紀還小，自從去過他家之後，只能說我很喜歡他們夫婦兩個人。

後來，因為戰事吃緊，物資匱乏，木料油漆都不容易得手，婚嫁也盡量簡省，訂製家具的數量也大大減少，更不要說是家具上的裝飾品了。從那以後，我就比較少去有福師家，不過，我還是經常在街上，或大水河邊看到他在散步。

在日據時代的最後一年，我考取了台北的一所私立學校，也就是有福師所讀的那一所。那時，它還是屬於舊制的中學，讀五年的那一種。其實，那時的入學考試非常簡單，只能說是一種形式。教員把應考的學生集合在操場上，先按名冊點名排隊，問問年齡，爾後叫你掛上單槓看看，就算你被錄取了。

我去告訴有福師，並稱他「先輩」。這以後，我們兩人也算再增加了一種關係。

實際上，那時候因爲空襲頻繁，又因爲許多教師被徵召，可說沒有眞正上過課。後來，又由於人手不足，我們這些學生還被海軍單位徵召，去參加所謂勤勞召集。我們的工作是，把火車載到車站的木材，搬到輕便車上，再推到軍事單位去備用。我是在那個軍事單位聽到日本天皇播放玉音的。

我離開舊鎭只有三個多月，一回來，才知道有福師夫婦已相繼去世，並已埋葬完畢。以前，我就知道有福師愛吃豬尾。有福師夫婦的死，也可說完全是由豬尾引起的。

那時，豬肉是配給的，一隻豬只有一條尾巴，而豬的宰殺完全在官方的管制之下，屠宰的豬隻完全有限，豬尾也是一種奢侈品。

有福嬸，也就是月娥，經常到屠家，一家一家的拜託。

那一天，她去市場取豬尾，也順便把屠家留給她的一小塊豬肉一起帶走。這當然是黑市的。不巧，她走出市場的時候，被警察查到。那是一個台灣籍的警察，名叫曾吉祥，鼻上有白色的斑紋，舊鎭的人在背後叫他白鼻狸；好像就是以前去警告有福師不能退婚的那一個，現在已升爲警部補了。在我的記憶中，有少數台灣籍的警察，要比日本人更凶狠。

「買黑市物資的人，便是非國民。」

警察站在市場門口大聲叫嚷，把有福嬸帶到市場門口。

「正坐！」警察命令有福嬸跪下。

那時，市場門口還沒有鋪柏油，有很多小石頭。有福嬸正想伸手把地上的石頭撥開。

「正坐，非國民！」

警察還叫她把那條尾巴頂在頭上。開始幾次，豬尾一直掉下來。每次，她都把它撿起來，再放好。小石頭刺著她的雙膝，但是她不敢動，怕稍微一動，豬尾就會再滑下來。

「清國奴！」

那豬尾巴是有點像清朝的辮子。

不久，市場門口也圍聚了許多人。有人看到有福嬸頭頂著豬尾，竟笑起來了。

有福嬸只是一直流著眼淚。

「買黑市物資的人，都是非國民！大家看看！」

警察又大聲叫嚷著。當時，也有些人感到奇怪，警察爲什麼只處罰買方。有人說，那是因爲賣方時常送東西給警察，警察雖然知道買賣有兩方，故意不聞不問。

「嗚——」突然間，警報響了。

一長聲，是「警戒警報」，還不到「空襲警報」。

「走開！走開！」警察想把圍觀的觀眾驅走，卻好像還不想放有福嬸。

「退避！退避！」退避就是叫人躲進防壕的意思。

那時，美國的飛機已時常來空襲，舊鎮雖然沒有被炸過，但是因爲台北已被炸過不少次，大家都已知道什麼叫作空襲了。但是民眾還是不願散開。

有人去告訴有福師。有福師鐵青著臉，很快地趕過來了。他全身前後急速晃動，有人說，沒有看過划那麼快的「蛤仔船」。

「馬鹿野郎！」有福師向警察大吼。

但是，就在那個時候，他失去重心，整個人翻倒了。警察說，有福師想打他。但是，也有人說，有福師走得太快，沒有站穩，人在翻倒時，枴杖也揮起來。也有人說，警察用腳撥他的腳。那個警察是學過柔道的，有二段以上的實力。但是，一直沒有人出來替他說話。

警察扭住他的衣領，把他拉起來，打了三個耳光，爾後把他帶回郡役所。

聽說，他們把他帶到郡役所後面的一個小房間裏面行刑。他們把橡皮管插進他的口裏，緊捏他鼻子，把水一直灌進去，一直灌到肚子漲了起來，再讓他躺在地上，用腳踩他，讓灌進去的水再吐出來。

他們提到的那個小房間，我也知道。它就在路邊，但是從路這邊，只能看到紅色的磚牆，看不到裏面。有時，我從那裏經過，也會碰到警察在行刑。一開始，犯人還會哀叫、求饒。到後來，就剩下小聲的呻吟了。其他，就是一片嘩啦嘩啦的水聲。

有福師被關了三天，才放了出來。

不久，他得了腎臟病，並死於腎臟病。

我不知道腎臟病是否因爲灌水引發的。我也不清楚，他是否眞的死於腎臟病。因爲那是一個一般醫生，不管醫什麼病，都開胃散的時代和地方。

「啊，都是我害他的。」

他死去以後，有福嬸一直哭得死去活來。她愛哭，但是那卻是她第一次那樣哭著。

爾後，她把淚水擦乾。有人說，不是擦乾，因爲她已經把淚水哭乾了。自此以後，她不再吃東西，任何人都勸不動她，一直到死亡。

以前，有人做一種菜脯，不用太陽光曬，把菜頭放在陰涼處，讓微風吹乾。據說，有福嬸的死就是那樣，全身肌肉的水分慢慢消脫，像那種菜脯那樣。

一九八九年

相思子花

「永祥，等一下我載你去火車站。」

我去鄉下，要回家的時候，阿鳳說要用車送我。她開的是小型貨車，是他們載蔬菜和花卉用的。我還不知道她會開車，不過她開得四平八穩。

她順著鄉間的產業道路開，一直沒有上縣道。我以爲她是抄近路走的。我已好久沒有回去鄉下了，鄉村的面貌已改變不少，新開了不少路，也蓋了不少樓房。樓房遮去了不少鄉村原有的風貌。

阿鳳穿著一件淺藍色的短袖運動衫，藍色的短裙。她的手臂很粗，比我的還粗，還隱約可以看到種痘的疤痕。

在車上，她問我一些我家裏的情況，也告訴我一些鄉下的變化。我們已很久沒有見面了，有些消息還是透過其他的親戚間接傳遞的。

在談話的時候，我也會轉頭去看她一下。我看她抓住方向盤的手。她的手掌很大，手指很長，指甲硬而厚，指甲縫還帶有一點泥垢，是因爲她還繼續在田裏工作的關係吧。

車子上了一段坡道。路的兩邊都種植著相思樹，樹上點綴著一簇一簇黃色的小花。

「到了。」

她停下車，走出駕駛台，也叫我下車。我們站在山坡上，往遠處看，看到一片蒼綠的矮山，和山谷間的綠色的田畝，以及一些散落其間的村落。我們也看到遠處車輛熙熙攘攘的省道。

「這是什麼地方？」

「我帶你去看一個地方。」

我們離開產業道路，往下拐入一條小徑，順著山腹走了一百多公尺。我心中正在狐疑，阿鳳到底要做什麼呢？

我們走到山腰底下，看到一條快要乾涸的小溪道，溪底全是大大小小的石頭，只有一股小小的水流，在石縫間穿來穿去，時隱時現。我們往兩頭一看，那是一條順著山谷的形勢彎來彎去，在山谷間自然形成的溪道，兩邊再加上人造的土堤，土堤上種植著相思樹和不知名的雜木。

現在，正是相思樹開花的季節，路上也掉著不少黃色的花，和枯黃的葉子。那掉在水裏的葉子已變成深褐色，看過去像一條一條的泥鰍。

「永祥，你還記得這個地方嗎？」

我們沿著小溪道走了一段，阿鳳突然轉頭問我。

「我記得。」

那已是四十年以前的事了。

小時候，每年暑假和寒假，我都要回鄉下住幾天。那是我高三那一年的寒假發生的事。

那時候，在鄉下，一般農家是沒有能力，就是有能力的人也捨不得買煤或木炭的。他們都用稻草、粗糠，或乾竹枝來做燃料。

那一天早晨，村子裏的農民就利用農閒期間，要到山上去撿乾柴。大家在王公廟的前庭集合，一共有十幾名男女，年紀大一點的有四、五十歲，小一點的也有十六、七歲。我也跟他們上山。我到集合的地點，果然看到阿鳳也在裏面。當時，我是很希望看到她的。

阿鳳小我兩歲，是堂哥阿昆的童養媳。大家都說。她是全下埔仔最漂亮的女孩子。

她皮膚白皙，眼睛大而烏亮，一排皓白的牙齒，笑起來露出一顆虎牙，特別討人喜歡。她喜歡笑，我也喜歡看她笑。

她是阿昆的童養媳，很多人都知道，但是還是經常有人來替她做媒，尤其是街上的那些人。她到街上賣菜，都會有許多人來看她，那些喜歡她的男孩，男孩的父母，以及媒婆。聽說，有一次，有人還帶了一大把鈔票來到她家裏，硬要送定呢。

上山的那一天，大家都穿著草鞋，草鞋是農民自己編結的。其實，那時候農民就是自己會編結草鞋，也很少穿。平時，他們都打赤腳，下田方便。這次，我們穿草鞋，是因爲路遠，山上又有許多有刺的草木。

那時，雖然是冬天，太陽也不猛，女孩子還是怕晒黑皮膚，在竹笠的周邊縫上一塊用花布做成的罩布，防止日晒。不但臉部，她們把手臂和小腿也一樣裹上花布的套子。她們每個人都裝扮成布人，只好從她們的身材和衣服去認人了。

阿鳳也一樣。她知道自己的皮膚比別人白，也知道更小心去保護它了。

阿鳳那天穿的是，藍格子的衣裙，裏布也是一色的。在鄉下一般年輕女孩子都喜歡穿紅色系列的花樣，只有阿鳳和別人不大一樣。年紀大一點的人都說那種顏色太老成，她都一笑置之。

上山的時候，比較輕鬆。大家只拿著扁擔、繩子、鉤子和柴刀，一路談笑上去。大家談著年冬收成的事，謝神拜廟的事。我也聽到有人提起阿鳳快要送作堆了。

因爲我不習慣穿草鞋，也不習慣走那高低不平的石頭路，走得特別慢，有時邊走邊跑，卻還時常落在大家後面。這樣子，我倒可以偷偷看阿鳳走路的樣子。

我喜歡看她走路的樣子，尤其是挑著擔子的時候。她的一隻手，斜斜擺動著，還有輕輕擺動的腰身。

阿鳳眞的要送作堆了？

那一年，在上山撿柴之前兩年吧，我記得是我剛考上高中的那一年暑假，有一次，我騎腳踏車到街上，回去的時候，在路上趕到阿鳳。我遠遠地看著一個女孩子，挑著一對長把的空菜籃，在水圳的堤上走著。水圳堤上的路，時寬時窄，最寬的也只有一公尺多。

會不會是阿鳳？我心裏想著，踩快了踏板。果然是她，她是去街上賣菜回去的，空籃子裏，放著幾塊豆干和一包熟魚。

我扳響鈴子，她讓到一旁，回頭看到我。

「呃，是你。」

我下車，跟著她一起走。水圳有三公尺寬吧，從路上到水面只有一公尺多，水也不深，水裏有些水草在曳動，有時還可以從水草間看到赤土的底。

「聽說，你騎在車上，可以撿起路上的東西？」

「可以呀。」

她掏出一塊銅板擱在地上，人閃到路邊。我騎上車，兩腳踩在踏板上，蹲下身，正要伸手撿起銅板。就在那時候，我看到了銅板旁邊的她的腳，她是打著赤腳的，腳上蒙上厚厚的一層塵埃。我撿起銅板，銅板正面是人頭，背面是台灣，我用手指一翻，再伸手迅速擱在她的腳板上。

「唉呀。」她退了一步。

因爲路有寬有窄，我略微失去平衡，車輪剛滑到路的一個缺口，我怕車子掉進水裏，把車子往另外一邊一拋，人就掉進水圳裏面了。

「阿祥，阿祥。」

阿鳳跑了過來，拿了扁擔，伸下來。我抓住扁擔，一手抓住水圳堤上的草，爬了一半，她忽然改用手來拉我。那是我第一次拉住她的手。我緊緊地拉著。

我和阿鳳很熟，每次回鄉下，幾乎都會見到她。有時在路上，有時在田裏。有時在傍晚，我還跟著她們幾個女孩子去田裏撈田螺。我們每個人手裏拿著一把用竹編結的長柄粗網目的碗型勺子，伸到田裏去撈田螺，一直撈到太陽下山，再也看不到田螺爲止。

但是，那卻是我第一次拉了她的手。也是我第一次拉了一個女孩子的手。

在鄉下，女孩子出門的時候，經常都用花布做的套子裏著手腳，除非是在大清早或黃昏，很不容易看到裸露的手腳。

阿鳳的皮膚很白，鄉下人常說，一白蔭九美，表示讚賞和羨慕。阿鳳似乎也知道如何去保護這種美質了。我還記得，她拉我上水圳那一次，已懂得像比她大的女孩子那樣，用布套子裏手腳了。

那時，全下埔子的人都知道她是阿昆的童養媳，有時還會用羨慕的心情去嬉笑他。他也不會生氣。不過，聽說街上的人來提親，他很緊張。有一次，我就聽長輩說，阿鳳太乖，不然早就被街上的人拐走了。而實際上，隔壁村就有一個叫阿嬌的女孩子，不滿意未來的丈夫，還未送作堆，就跟別人跑掉了。

那次上山撿柴，阿昆沒有去。我好像有一種感覺，是不是因爲怕人家取笑，他們總是有意避開在一起的。

阿鳳也穿著草鞋，把空的扁擔放在肩上，另一隻手斜斜地擺著，和幾個女孩子落在大隊後面，在撒滿石頭的溪道上，忽左忽右，順著溪道往上前進。她喜歡笑。她說話不多，不過聽到別人說了有趣的話，就格格地笑了起來。

我喜歡看她，看她走路的樣子。看她走路的樣子，我才瞭解同學所說，男人是用腳走路，而女人卻是用屁股走路的那種話了。

我也喜歡看她露出白牙的笑容，和大而黑的眼睛。當她看著你，你會覺得她已看穿了你的心。

我喜歡看她，也夢見過她。但是我很快地想回來，她是阿昆的童養媳，她只是一個農村裏的女孩子，只讀了小學。那時候，在鄉下，一個童養媳，能順利讀完小學，是很不簡單的了。

上山時，有三分之二的路程，要經過這一條小溪道。那時候，小溪道兩邊的山坡還是一片山林，在山林間開闢了一些梯田。種在堤上的樹，幾乎把整個溪道蓋住，看過去像一條隧道。

到了山上，大家分散撿柴。我挑了一些生柴，生柴外觀比較好看。他們笑我，說生柴比較重。生柴等於泡了水的乾柴，把生柴挑回去，還要晒乾，才能做燃料。阿鳳也在笑著。

大家很快把柴撿好，綑紮停當，立即下山。來回的路程需要六個多小時，早上七點出發，下午一點多可以回到家，所以大家都沒有帶食物，甚至連茶水都沒有帶，在路邊碰到有人奉茶，就停下來喝一、兩碗。這是當時的生活情形。

他們挑的柴，重的一擔有一百斤，輕的也有六十斤，我的最輕，只有三十斤左右。

我向他們抗議，我堅持我至少要挑六十斤。我也挑起來給他們看。他們笑著說，路很長，而且我是街仔人，沒有挑過重擔，能順利挑三十斤回到家，應該很不錯了。他們說我街仔人，多少有不會做農事的意味。我很不服氣，覺得他們把我估得太低。

開始，我走得很快。農人都用一邊的肩膀挑東西，我也學他們用一邊的肩膀挑。他們先用一邊，累了再換到另一邊，用兩邊的肩膀輪流挑著。他們很少休息，不久就回到小溪道來了。嚴格的說，小溪道裏面並沒有明顯的路痕，人只能在石頭間選比較平坦的地方踩過去，忽左忽右，順著溪道而下。

大概走了將近一個小時，我的肩膀已支撐不住了。我也學著他們左右肩輪流使用，但是這時候兩肩都疼痛難受，能夠維持的時間越來越短，只好把扁擔擱在後頸部，用比較寬的面積去承受重量。因爲擔子放在後頸部，擔子就往左右，而不像他們往前後伸出。有時，爲了減輕肩膀和頸部上的疼痛，我把雙手擱在扁擔上，再用手撐著扁擔。那樣子，有點像老鷂在空中盤旋，他們稱爲老鷂披旋。這一句話，有取笑的意味。

我越走越慢，這時已看不到前面一大隊人馬了。再走了一百多公尺，我看到阿鳳在前面休息。她會是在等我？我趕過去，她看我一眼，笑了笑。難道她也在笑我？

她雖然只是一個十六、七歲的女孩子，但是，她在鄉下長大，經常挑重擔，挑六十斤是算不了什麼的，而且她的步伐一直那麼平穩。

「我來幫你挑一下。」

我們已看不到前面的人了。路只有一條，是不會迷失的。看來，她是想來幫助我了。

「不用，不用。」

我挑的，只有她的一半，而且她又是一個比我還小的女孩子。我紅著臉說。

其實，我的肩膀已有些吃不消了。我知道我的腳步也已不平穩了，尤其在石頭間挑著路走，時常踩不準，也會跌來跌去。但是，一想到在山上還一直嫌少，現在也實在不好意思叫痛了。我很想休息，但是大隊人馬已看不見，我又不肯隨便認輸，只好一直往前走，不敢休息。阿鳳看我不肯休息，自己再挑起擔子，在後面跟著。

再過十分鐘，也許只有五分鐘，我實在無法再忍受下去了。我只好卸下擔子，阿鳳也跟著停下來。

「我來給你看看。」

她叫我坐在一塊大石頭上。

「呃，腫起來了。」

她額頭皺了一下，笑嘻嘻地說，拆下竹笠上的罩布，摺好，墊在我的後頸部。她年紀雖然比我少，看來卻更像大姊了。

「妳不怕晒黑？」

「有樹蔭呀。」

「那妳自己沒有？」

「沒有什麼？」

「沒有墊布。」

「我不需要，我已習慣了。」她露出皓白的牙齒，笑著說。

「我來看一下。」我直看著她的臉說。

「看什麼？」

我站起來，叫她坐在我坐過的地方。我把她的衣領，輕輕地翻開一下，她的肩膀那麼白，但是放扁擔的地方，有點紅，也粗糙一點。肩膀上也會長繭嗎？聽說常挑擔子的人，肩膀的骨頭會凹下去，我摸了一下。

她的笑容消失了，但是立刻又浮上來。

我的視線從肩膀轉到前面。我發現她的衣領，在鈕釦上還用針線縫住。爲什麼？她翻翻眼睛看我，又低下頭。那時候，還沒有胸罩。兩年多前，她拉我上水圳時，我就注意到她胸部在衣服裏面盪動。

比那時候更早，我是七、八歲，她只有五、六歲，幾個小孩在墓地玩，不知是由誰開始，也不知是怎麼學會的，大家就地拔了一根人字草的莖，擠出淡黃綠色的草汁，點在自己的奶頭上。一種涼涼的感覺，涼到心內的感覺。她也把衣服撩起來，照樣做。那時，我看到了她的奶頭，小小的，上面有短短的凹溝。這件事，我好像已忘了，卻又突然想了起來。

我把手擱在她的胸部。她依然沒有動靜，我就輕輕地捏了一下。

「不要，不要。」她的聲音很低。

突然，我用力抓住。

「哎喲！」她叫了出來，聲音依然很低，卻有一點尖利。

我看到她眼眶紅了，眼睛也潤濕了。那經常的笑容消失了，那大而烏亮的眼睛，好像更亮，也更黑了。我趕快縮回手。她站起來，挑起乾柴，默默地走開。我也挑起擔子，追了上去。

「阿鳳。」

「嗯。」

「妳生氣？」

「很痛。」

「對不起。」

她不再說話，一直往前走，走得很快。我在後面追趕著，幾乎是用跑的。我們追了十幾分鐘，已遠遠看到前面的大隊人馬了。她回過頭來看了我一眼。不知爲什麼，自從這件事發生之後，肩膀上的擔子似乎沒有那麼重了。

她生氣了？我更擔心她把這件事說出去。要是她說出去了，會有什麼後果呢？我腦子裏似乎很亂，我自己都不清楚爲什麼做那種事。對我，阿鳳是得不到的，也不會想得到的吧。也許，就像一個小孩，得不到的玩具，很想弄壞它。

那年除夕，阿鳳和阿昆送作堆了。不到一年，她也生了孩子。那以後，我回鄉下的時候，還時常碰到她。每次，她看到我，依然笑嘻嘻的。難道她已忘掉了那件事？她似乎也沒有把那件事告訴過任何人。

我還記得，我在讀大學的時候，有一次，我回鄉下去，她剛好生了第二個孩子。那一天早晨，我在屋後的水井邊碰到她，她正在提水。那時候，鄉下還很少有人裝邦浦，水要一桶一桶提上來的。

那口水井看來很古老，伸出地上的部分，像圓筒，周圍圍著墊腳台，墊腳台和井筒，都長著青苔，和小型的蕨類植物。

她站在墊腳台上，手提著一個小木桶，放進井裏，手一搖，腰身輕輕扭動一下，把水桶提上來，倒進井邊的水槽。水槽比井筒高一點，水槽底部有一根竹管，穿過牆壁，通到屋裏的廚房，那邊有一個水缸。

鄉下人，用水很節省，水井的水，只做食用，至於洗衣服，或洗菜，都要到後壁溝去。

她剛好做完月內。一般女人，做月內，都不能做粗重的工作。但是在鄉下，許多女人在月內還是要剁豬菜餵豬。只是比較少出去田裏。

有人說，女人生了孩子之後最美。當初，我不知道這一句話的意思。她們做月內，吃好，又可以充分休息。當然，做了母親，自然會有一種更成熟和滿足的感覺。這一天，我看到了阿鳳，才眞正瞭解這種說法的眞實性。

她穿著淺黃色的衣裙。我再仔細一看，那是白色的衣服，是舊衣服，因多次洗滌，水中的礦物質，把它染成黃色了。她的皮膚，可能是因爲一個月沒有到外邊，沒有晒到陽光，顯得更加白皙。平時，她在外面，都把手腳裹起來，今天，我卻看到了她的雪白的手臂和腿部。

她背後，種著一片觀音竹，早晨的太陽照下來，觀音竹的綠色輝映到阿鳳身上，顯得更加白亮和耀眼。

她提水的姿態，很有韻律。咚的一聲，木桶掉到水井裏。她的右手輕輕抖動一下，爾後左右手輪流，把水桶提上來，把水倒進水槽裏，周而復始。

我站在不遠處看著，她轉身過來，望我笑了一笑，手裏還提著木桶。她的頭髮有點亂，有幾根垂在額頭。

我看著她的臉，她的手，她的腿。她的笑，好像不只是嘴角，也不只是臉部，而是全身都在笑。

我也看到她的胸部。她剛才在提水的時候，胸部在衣服裏盪動。現在，她已停止動作，但是胸部似乎還沒有靜止下來。我還看到她乳頭突出的位置，濕濕的，是奶水的關係吧。

我靠近幾步，卻又退回來。她雖然笑著，我還是感到有點類似畏怯。我不知道自己又會做出什麼事來。

我離開鄉下的前一天，她送我一個魚簍。一般而言，鄉下的女孩子都會編造竹笠，作爲副業。至於像穀籮、畚箕、魚簍、竹簝等等較精密的工具，大部分是由有特別功夫的男人編造的。她做的那個魚簍，是細篾做成的，和一般男人用粗篾做成的不同，看起來格外的精巧、細緻。

「妳自己做的嗎？」

「嗯。」

她說，她知道我喜歡釣魚，做了這一個送我。是她在做月內時編造的，她遞給我的時候，把簍底翻上來。

「我沒有做好，簍底有點歪。」她微紅著臉說。

「沒有關係。」

我很喜歡這個魚簍，每次出去釣魚，都帶著它。因爲經常用它，竹篾磨斷了一根，就整個慢慢鬆開了。後來，可能在搬家的時候丟掉了，就沒有再看到它。

有一天，我突然想到這個魚簍，覺得自己實在太粗心了，竟讓那樣一個魚簍隨便丟掉。

那魚簍，似乎隱藏著什麼。她說簍底沒有做好，有點歪。照她的意思，簍底應該是橢圓型。她做出來的，卻有點像栗子的形狀。說得正確一點，是不明顯的心形。

我不知道阿鳳那樣一個鄉下女孩，是不是已知道心形所代表的意義。實際上，在那麼早的時期，不要說鄉下，在台灣的社會是不是已普遍接受這種從西方移來的象徵？

但是，我再想起她拿魚簍給我的表情，以及故意把簍底翻上來給我看的情形，我覺得它應該有特殊意義的。我實在太粗心了。

那以後，她又生了三個孩子。一共五個孩子，和一般鄉下人一樣，都是自己餵奶的。聽說，她有一點和別的鄉下女人不同。一般鄉下女人，生了孩子之後，在田裏工作，時常當眾掏出奶來餵小孩，只有阿鳳一定要回家餵，至少要找個草寮。

現在，那五個孩子都長大了，她已做了祖母了。

她告訴我，最小的一個女兒，現在已出國讀書。阿昆在世時，還反對給女孩子讀大學。但是，她堅持要讓她讀。

「你看她像不像我？」

大家都說這個女孩最像阿鳳。我也看過她，除了身材比阿鳳高一些，幾乎就是阿鳳的翻版，尤其是那白皙的皮膚，和露出虎牙的笑容。

阿昆在兩年前去世。阿昆和我同年，大我幾個月，在現在這個時代，他算是不長壽的。

今天，我回鄉下，阿鳳看到我，說要載我到火車站。卻先帶我來到這條小溪道上來。

她在前，我在後，在溪道上，在大大小小的石頭中間，挑著平坦的地方往下走。我們似乎又回到那天上山挑柴的情景。溪道兩岸的樹，比以前高大，卻比以前疏落。不管由於什麼原因，倒下、砍掉或枯死的樹，都沒有補種上去。

另外，堤岸也有不少處坍塌或遭到破壞。溪道上，到處丟棄紙盒、易開罐和塑膠袋。有段堤岸，已堆滿垃圾，甚至有整套的沙發和完整的衣櫃。是有人把整車的廢棄物開到這裏來倒掉的吧。

我看她走路，她比以前粗壯許多，腰身也粗大。她走路，腳成O字型，有點彎曲，是經常挑重擔的結果吧。她穿著短裙，也沒有像以前那樣裏著布套子。

她略低著頭，閃著地上的石頭往前走。看她走路的樣子，好像一點也不陌生。她是不是經常來這裏？

我們走到那塊石頭的地方。眞想不到那塊石頭還在，而且幾乎還是原來的樣子。她回頭看了我一眼，在石頭前停了下來。石頭上，石頭下的周圍，掉落不少相思樹的花和葉子。

我走過去，看著她。她的眼睛還是大大的。她的嘴角漾了一下，是笑。這個笑，雖然和以前不大一樣，卻使我想起以前不管什麼事都露出虎牙笑著的她。現在的笑，似乎有點淡淡的。

我拉住她的手，她的手掌很大，手指也粗而長。她穿著粗面的皮鞋，從皮鞋的大小，也可以看出她有一對大腳。我看過一些從事農業的人，現在已離開農村，但是那粗大的手，卻無法變小，無法變得柔軟。

我想起第一次捏住她的手的感覺。那是我掉到水圳裏的那一次。那時候，她的手還是細細柔柔的。

四十年來，不，應該是更久了，她一直在田裏工作。這一帶的農民，一方面是因爲貧瘠的赤仁土的土質，辛苦耕作了一輩子，生活卻一直沒有改善。一直到有一天，政府在這附近開闢了一條大馬路，他們的土地雖然被徵收，減少了許多，地價卻不停高漲，他們在一、兩年內，不，在幾個月內，已變成比我這個工作將近四十年的薪水階級更富有了。

現在，他們也算是有錢人了，鄰近的一些農民，有人開工廠，有人到城市裏去做生意，也有人出售農地去花天酒地，已有不少人放棄農耕，甚至有人讓整塊田地荒廢在那裏。

現在，阿鳳他們，種稻和割稻，都請人用機械來代勞了。另外，他們還種了些花卉和蔬菜。最令人吃驚的是，阿鳳還學會開車，有時兒子他們忙不過來，還幫助他們送貨到街上。

風微微吹著，相思樹的花和葉子不斷掉落下來，有的掉在她的頭髮上，有的掉在她的肩膀上，我伸手把它拂開，同時把手搭在她的肩膀上，像那一天那樣。她的臉頰輕輕依在我的手上。我把她的衣領翻了一下。這一次，她的衣領是沒有用線縫上去的。

我看了她的肩膀，肩膀上的皮膚還是那麼白，肩膀上那些硬化的皮膚已沒有了，那凹下去的肩骨卻依然還在。我捏了她的肩膀。肩膀有點濕濕的，是汗水吧。

我看著她的臉，額頭上，眼角，都有皺紋，眼下還長了不少淺褐色的小斑點，頭髮也白了不少。現在，她似乎已不需要用任何的東西去保護皮膚了。

她睜大眼睛直看著我。她好像已沒有以前那種羞怯。她的眼神還是相當溫和的，但是它卻好像在尋索，好像想看到對方的心的深處。她的嘴角漾著笑意。我也看到了她的牙齒。她的牙齒和以前一樣的雪白，卻可以看到牙和牙之間的縫。

我的眼睛往下移，好像是在逃避她的目光。

我看到她的胸部輕輕地起伏著。我一看，就知道她沒有穿胸罩。看來，她很平靜。她雙手拉住我的手，擱在她胸前。是鼓勵？或者是阻止？阻止我再用力抓住她的乳房？當時，我爲什麼那麼粗魯？

現在，我已可以確定，她並沒有忘記四十年前的事了。今天，她帶我到這裏來，好像就是想告訴我，她的的確確沒有忘記。

我輕易地抓住了她的乳房。

「老奶脯了。」

她說，把衣裙從裙頭拉了出來，爾後往上掀開。她的整個上身，都裸露出來了。

她的腹部，略微突起，但是還是那麼細柔光滑，乳房的形狀，還是很完整的。可能是因爲親自餵了五個孩子的關係，乳頭是大了一點。

我一下怔住了。爲什麼呢？是爲了清償前欠？

實際上，她並沒有欠我任何東西。我是加害者，她是受害者，如果有所負欠，那應該是我。

我想伸手去摸它，她是不會拒絕的。她今天帶我到這裏來，似乎已把各種可能都計算在內的吧。她似乎也已有了決心。

以前，我也聽說過，阿鳳的是布袋奶，她餵孩子怕人看到，是因爲她的奶太大，怕人家笑她。以前，的確有些女孩子奶太大，怕人笑，用布帶緊緊束住乳房。但是，我相信阿鳳不是那種女孩子。

另外，有人說，像阿鳳那種布袋奶，年紀一大，就會垂下來，會垂到肚臍以下。但是，我今天看她，卻沒有這種情形。她的乳房是完整的倒鐘型。

她把衣服放下來，略微轉身，塞進裙頭裏面。

「我們走吧。」她說，露出微笑，腳卻沒有動。她的眉間掠過一點陰翳，但是立即舒展開來。

我們靜靜地站著，約莫十分鐘。我們之間，是不是還有什麼隔閡呢？

但是，我立即又想起我們已是五十多，快六十的人了。她是不是也在想這種事呢？

我放開她的手，蹲下去，找一塊比較平坦的地方，把布滿地上的相思樹的落花、枯葉和小石頭輕輕撥開，露出一塊比較平坦的泥地。我撿起一根樹枝，正想畫一個魚簍，畫出那個歪歪，有點像栗子型的底部。但是，我立即停住。

「妳還做魚簍？」我問她。

「不。我做了一個沒有做好，就不想再做了。」她說，她的眼眶有點紅，嘴角依然露出一點微笑。

一九九〇年

來去新公園飼魚

「再吃一點。」

福壽伯半蹲著身子，一手拿碗，一手拿湯匙，對福壽姆說。福壽姆坐在籐椅上，膝上蓋著毛毯。福壽伯盛了半碗稀飯，正在餵福壽姆。他還記得，五十多年前，福壽姆就是這樣餵著自己的孩子。

福壽伯用湯匙，把碗裏的稀飯攪了兩下，再舀半湯匙。他的手有點發抖。自從過了七十歲之後，手就開始發抖了。他捏得很緊，生怕一不小心，湯匙就會掉下。

這幾天，福壽姆一直吃得很少。曾經有一段時期，他們改吃麵包。家裏只有兩個老人，吃麵包比較省事，半條土司就可以吃一天。最近，福壽姆突然說要吃稀飯。

福壽伯又用湯匙把稀飯攪了兩下，稀飯還在冒煙。福壽伯用嘴吹吹，手還在輕輕發抖。

「再吃一點。」福壽伯輕聲說。

「吃不下了。」福壽姆的聲音有點乾啞。

今天早上，她還吃不到五湯匙。她的胃口比以前更不好了。

「妳以前最愛吃這種豆乳，是用台灣豆醬做的。還有鹹鰱魚，妳以前也最愛吃。」

福壽伯還記得，在戰爭末期，這種魚特別多，價錢也不貴。現在，它幾乎像烏魚子那麼值錢了。聽說這是跑單幫的人坐飛機從日本帶回來的。

「吃不下了，你收起來。」

福壽伯站起來，腳有點發麻。他把剩下的稀飯，兩、三口喝了下去，再把碗和湯匙收到廚房。

廚房並不大。其實，這整個房子就不大，只有二十多坪。二十多坪是建築商說的，實際上只有十九坪。福壽伯在剛搬進來的時候，就量過三次，只有十九坪，一點也不多。

廚房裏面，有個小冰箱，有一個雙座的瓦斯爐，有幾個形狀不同的鍋，和一個只裝了三、五個碗的小碗籃。

福壽伯他們住的是公寓的一樓。因爲他們年齡大了，孩子都不在身邊，住一樓比較方便。住一樓，屋前屋後都還多了一個小院子。

這個房子很簡單，有兩個小房間，和所謂一大一小的兩個客廳。其實，兩個客廳是連在一起的。小客廳裏放著一個舊式的貼案，貼案前擺著一個小八仙桌，也有人稱六仙桌的那一種，平時也可以當餐桌。但是，自從三年前福壽姆患了輕度中風之後，她都在床上或籐椅上吃飯。

大客廳裏，有一套小沙發，一個小電視機，還是黑白的，他們很少看電視。牆和天花板都漆著乳白色，看來很清爽，也顯得有點空洞。八仙桌上放著一個插花用的空盤子。以前，福壽姆也學過插花，不過，自從她生病以後，連插花也省掉了。

兩個房間，一個是臥房，一個是書房。書房裏，書不多，一部分是福壽伯的，包含一些日文書，一部分是兩個兒子，阿和與阿平的。另外，還有福壽姆的幾本經書。

書房裏，還有一張小書桌，桌上放著兩幀照片，一幀是阿和的，十七、八歲時的學生照片，是被捕前不久所照的吧，照片已有點泛黃了。另一幀是阿平的。是從美國寄回來的彩色博士照，彩色比國內的鮮豔一點。

阿和被捕時是十九歲，到現在已三十多年了。現在，他已經五十多歲，也算是過了中年的人了。福壽姆曾經說過，當時，阿和如果死了，就像照片這個樣子。人已變了，照片卻沒有變，福壽姆說。

實際上，阿和那幀照片的輪廓已有點模糊，有一天福壽姆還叫福壽伯拿去照相館放大，拿回來掛在書房裏的牆壁上。放大的照片，和原來的，感覺不一樣。看放大的，好像就看到了眞人那樣。

有一天，福壽伯看到福壽姆望著牆上那幀阿和的照片在流淚。

「你說，我們多少歲了，可以永久活下去？」

「妳不能時常哭，眼睛會哭壞。」

「我看他，哭他，才算活著。我要天天看他，我要多看他幾眼，只要我還活著。」

福壽姆嫁給福壽伯也有五十多年了，平時很少發脾氣，更少責備他。

福壽伯洗好碗，就把它倒蓋在碗籃裏。

他們搬到這個房子來，已有十七、八年了。現在，要在這麼好的地段，買這麼小的房子，似乎不容易了。

福壽伯洗好了飯碗之後，就拿了小冰箱上面的那一包吃剩的土司，準備到新公園去餵魚。麵包雖然還沒有發霉，卻已變硬了，手指一碰，麵包屑就掉落下來。

福壽伯和福壽姆那一代的人，都有不敢隨便糟蹋食物的習慣，尤其是五穀。兩個老人的食欲，時好時壞，很不容易控制食量。福壽伯曾經為吃剩的食物傷透腦筋。有時，他看到有人在公寓的牆角丟下一包白飯，或半條麵包，就不禁要唸一聲阿彌陀佛。現代的人，眞不懂愛惜食物，這是他感到傷心的。

有一天，福壽伯發現，拿剩下的食物，尤其是麵包，到新公園去餵魚，是最愉快的事。拿食物餵魚，可以不糟蹋食物，也可以看到大魚小魚爭食的樣子。

「我出去一下。」

「去哪裏？」

「去新公園餵魚。」福壽伯指著手裏的麵包。

「我也去。」

三年前，福壽姆因中風，傷到左腦，至今右手右腳都不大方便，右邊臉頰也時常發麻。以前，福壽伯也曾經拿剩下的麵包去新公園餵魚，福壽姆知道，卻從來也沒有要求過要跟他一起去。其實，就是平時，他說要推她出去走走，她也不想出去。她知道，他年紀那麼大了，跟他出門會添加他不少麻煩。

福壽伯先把輪椅摺好，拿到門外，再架起來。他們雖然住在一樓，從大廳到門口的巷路，卻還有上上下下的幾級階梯。

現在，福壽伯已沒有足夠的力氣抱起福壽姆了。他半攙半扶，小心翼翼，把福壽姆扶到門口，讓她落座在輪椅上，然後，用衣袖把額頭的汗水揩了一下。

福壽伯知道，有些中風的病人，脾氣很壞。可是，福壽姆卻依然很少發脾氣。

福壽姆坐好，福壽伯再進去拿毛毯，替她蓋在膝蓋上，開始把輪椅推動。他從後面看她。她的頭髮差不多已全部變白了，不過白得好看，好像長了滿頭的銀絲一般，閃閃發光。但是，他再仔細一看，在白頭髮之間，也依稀可以看到頭皮。她的頭髮已掉了不少了。

以前，在沒有生病之前，她也曾經染過頭髮。自從生病之後，她就沒有再那麼注重儀表了。不錯，像今天要出門，她就隨便把頭髮梳了一下，現在看起來，還有一點零亂。

今天，她爲什麼要出來？

福壽伯一直覺得，福壽姆和往常有些不一樣。古人說過，許多人在死亡之前會變，叫「變相」。福壽姆今天要和他出去，會不會是一種變相？看來，她精神還很好，也許自己想得太多了。也許，是自己太敏感了。

這是三月的天氣，久雨初晴，太陽顯得特別和煦。像這樣的天氣，不但人想出去走動，有些人也會把容易發霉的東西搬出去晒晒太陽。

他用力把輪椅推動幾步，又立即停下來。

「我忘記帶麵包。」

最近，他清楚地感覺到，自己很容易忘事。今天，明明是要拿麵包去新公園餵魚，卻把麵包忘掉了。

福壽伯進去又出來。或許是走快了一點，他感到呼吸有點急促。

「麵包，我來拿。」福壽姆說。

福壽伯把麵包交給她，隨勢，輕捏一下她的手。

從家裏到公園，平時要三十分鐘。今天推著輪椅，恐怕四十分也不能到。

「太陽很好，天空也很乾淨。」福壽伯好像在對自己說，也好像在對福壽姆說。

福壽姆卻沒有回答他。

福壽伯從巷子推出來到大馬路邊，再小心推上紅磚道。也許是太陽的關係，紅磚道顯得特別的紅，特別的耀眼，他可以聽到從路樹傳來的鳥叫聲。那不是痲雀，細細弱弱的，又很清脆，好像是青笛仔。他已好久沒有聽到青笛仔的叫聲了。

福壽伯一下子說太陽好，一下子說紅磚道好，一下子說樹木好，一下子又說鳥聲好。他好像在對自己說，也好像說給福壽姆聽的。福壽姆卻一直沒有答腔。

福壽伯略微偏頭一看，才發現福壽姆閉著眼睛。

紅磚道上有不少行人，有些人還轉過頭來看看他們。

福壽姆一直閉著眼睛，好像把眼睛一閉，就可以拒絕外界的一切一般。他知道福壽姆的脾氣。這是她壓抑自己的方法。

紅磚道有些不平，福壽伯推得很慢，很小心。他不敢說錯話，也不敢讓輪椅顛簸一下。或許是年齡的關係，一切都那麼不容易控制好。

路雖然起伏不大，輪椅卻容易偏來偏去，他不但要集中精神，還要把力量控制好。上坡難推，下坡也不容易，這是他深深體會到的。

「快，快，快推過去。我不要讓那些夭壽仔來碰我的輪椅！」

不知什麼時候，福壽姆已睜開眼睛。福壽伯知道她的意思。自從三十多年前，警察和憲兵把阿和抓去以後，福壽姆總是叫他們夭壽仔。福壽姆的嘴一向很溫和，罵人夭壽仔，可能是最重的話了。

福壽伯還清清楚楚地記得那個晚上的事。六、七個警察和憲兵衝進來把阿和從床上拖下來。阿和只穿著內褲，福壽姆過去問他們，他們把她推開。

「妳是誰？」一個三十多歲的軍官問她。

「我是他母親。」

「匪徒的母親和匪徒同罪！」

後來，她拿了一件長褲給阿和，那個軍官還狠狠地罵了她一聲。

福壽伯不敢再看那警察，加速把輪椅推過去。因爲加快速度，輪椅有點不聽指揮，一直偏來偏去，他的腳步也無法穩定下來。他很喘。最後，還是警察幫他把輪椅推過馬路，再搬上紅磚道。

「老伯，要小心喔。」

「是，是。」

福壽伯連謝謝都忘掉。其實，他沒有忘掉，他只是怕福壽姆怪他。

「這些警察全是夭壽仔！現在，我已活到這種年紀，有資格叫他們夭壽仔了吧？」

「有，有。不過，這些年輕人，也不是三十多年前抓阿和的那些人了。」

「攏總同款。」

「唉。」

「阿和眞的不能回來？」她已不知問過多少次了。

「還不能確定。」

「你騙我。不是有大赦嗎？聽說強盜、騙子、連殺人犯都放出來了，阿和爲什麼不放？」

「……」

「三十多年了，報紙上不是說，在大陸，他們已把國民黨的人都放出來了，那國民黨爲什麼還不放阿和？」

「不要說那麼大聲。」

「你怕？難道他們還抓我去砍頭？我這麼大的年紀了，我什麼都不怕。」

「我們要平靜，才能平安，我們平安，才能等阿和回來。」

「平靜？平安？我已等了三十多年了。他們不放人，你以爲可以平安一百歲？」

「……」

「今天的日頭很好，對不對？」

「對。」

「那我就在這日頭下問你，阿和是不是還要關下去？還是會放出來？」

「我也不知道。」

「你不知道？你只會說不知道！」

「我眞的不知道。」

「我知道。我告訴你，他不會放回來的。」

「又有人給妳托夢了？」

「一半是，一半不是。我不做夢，也知道阿和是不會回來了。」

「妳又夢見阿和？」

「嗯。」

「阿和對妳說了些什麼？」

「沒有錯，我夢見他。不過，他沒有說話。他就站在我面前。這樣，我更害怕。我看見他的身體很白，一點污點都沒有。我還記得，他剛生下來的時候，身體紅紅的，然後越來越白。大家都稱讚他的皮膚。你還記得吧，他小時候，就一直很白，而且很愛乾淨，所以人人喜歡他。」

「我記得。」

「你可能已記不清楚了。我常常替他洗澡，你卻沒有。當然，那個時候，這是女人的事，不過，你好像特別怕孩子。我兩次生孩子，你都躲起來。你去叫產婆，然後直接躲起來。那時候，你在當教員，你就躲到學校裏去。你還記得嗎？」

「聽說生孩子很痛苦。」

「沒有錯。很痛苦，尤其生阿和的時候。因爲那是頭胎。我沒有叫，我一聲也沒有叫。產婆還稱讚我。我眞希望你在我身邊，就是在外邊也好，不一定要在房間裏，你卻躲起來了。當時，我就是叫死，你也不會聽到的。」

「阿和的皮膚很白，很像妳。」

「他是我兒子。」

「他也是我兒子。」

「我也沒有說不是。不過，我時常夢見他。你卻沒有。我昨天又夢見他。我看見他在我面前，我靠過去，他卻跑開了。我在後面追，不過，我一直追不上。我的心臟砰砰地跳著，跳得很厲害，一直到我醒了過來，心臟還是砰砰地跳個不停，好像整個心臟就要衝出來一般。」

「那是夢，不要亂想。」

「這是好夢？還是壞夢？」

「夢，就是夢。沒有什麼好夢，也沒有什麼壞夢。」

「老實說，我以前夢見他，是怕他死著回來。那時，幾乎每次夢見，都哭醒過來。在那一段時期，每次聽到郵差的腳踏車的軋軋聲，或者有人按電鈴，甚至後來的電話響聲，都會叫我驚怕，怕有人帶來他的死訊。那時，幾乎很長的一段時期我也不敢去開信箱。這三十多年來，我就是這樣活過來的。」

其實，福壽伯也有同樣的感覺，或許在程度上有點差別。不過，他不能讓她知道他也一樣。因爲他是安慰人的人。現在，只有他一個人可以安慰她。

「但是，這些日子，我怕死掉的是我自己。我不是怕死。以前，我怕他比我先死。現在，我怕我死了，他就是回來，也看不到我。」

「妳是不會死的。妳死了，我怎麼辦？」福壽伯的聲音有點喑啞。

福壽伯知道，人到了七十歲以上，死總是那麼接近，隨時隨地可以把人攫走。只是他不願意提到它。每次說話，他總是小心地避開這個字眼。但是，現在不說這種話，好像不足以安慰她。因此，他推車的速度也慢了下來。行人越來越多，依然有不少人轉頭過來看他們。他們看的是什麼？兩個老人？兩個相依爲命的老人？他們聽得懂他們所說的話的意義？他們能看到他們和別人不同的遭遇？

「都是那些夭壽仔。」

「他們只是執行任務……」

「說什麼？你又幫他們了。」

「我沒有，我沒有。」

「連我拿一條褲子給他，他們都罵我。你還幫他們說話。你說，只穿著內褲，怎麼出門呢？不要說那是一個很冷的冬天。」

「唉。」

「昨晚，我夢見他連內褲都沒有穿。她是我兒子，沒穿內褲也沒有什麼關係。他生出來就是那個樣子。他全身那麼白。我雖然不完全相信夢，我卻很害怕。聽說他們以前槍斃人，都要把全身剝得精光？」

「不會了，現在是不會了。」

「你說阿和不會有事？」

「不會的，不會的。」

福壽姆停了一下，福壽伯輕輕推著輪椅，輪椅在紅磚道上輕輕搖著。

「爲什麼兄弟兩個，一個到了美國就拿博士，一個在台灣就要坐牢？」

「那也是一種命。」

「命？你居然還說這是命。阿和和阿平，一樣的乖，一樣的聽話。」

「那時，幸好阿平去南部。不然，說不定……」

「那時，阿和十九歲，阿平只有十八歲。不過，頂厝阿吉被槍斃時，也是十八歲呀。聽說，還有更小的。」

「妳不要一直說那一些了，這對身體很不好。」

「我不說這些，要說什麼？實際上，我這一輩子，也只有這些事，值得我去想的。而你卻叫我忘掉？」

「你看，那是總統府。」

「你以爲我不知道那是總統府？以前，日本時代，它叫總督府，只差一個字。只差一個字。我還記得，日本人投降那一年，五月三十一日，我記得很清楚，連日子都不會忘掉，美國的飛機來大轟炸，炸到總督府，燒了好幾個鐘頭，燒到傍晚，連天空都燒成了血紅。你還記得吧？」

「嗯。」

「後來，日本人投降，阿和去總督府，爬上了尖塔，還看到尖塔旁邊炸了一個大洞。阿和就是那麼好事。」

福壽伯一邊聽一邊推，已推到公園路。

「怎麼樣進去呢？」

以前，他沒有推車，沒有想到這個問題。

福壽伯沿著公園路推著。他知道，公園的周圍全圍著欄柵，所有的門全是旋轉門，輪椅是無法進去的。

福壽伯還記得，以前的新公園，門就是路口，四周種著矮樹籬，公園有完整的實體，卻又和外邊連爲一體。公園用鐵門、鐵欄柵圍堵起來，不就和公寓樓房加裝鐵窗同樣的嗎？

「你大概不喜歡我說的話。」

「不會，不會。」

「不喜歡，也不會很久了。」

「不要說那種傻話。」

「我知道你不喜歡我老是提到阿和的事。」

「不，我也一樣的關心。我也希望這一次，他能放出來。」

「你看有沒有希望？」

「看報紙的說法，可能性不大。」

「你能不能去想想辦法？」

「我怎麼想呢？」

福壽伯慢慢地推著輪椅，想找一個可以進去的地方。他也一邊想著福壽姆的話。在公園路這邊，福壽伯從鐵欄柵往裏面看，那裏有一個大水池，中央和四角蓋了五個亭閣，有人說它叫四菜一湯。那些亭子裏面，各放著一尊銅像。其中有一尊銅像，他聽了好幾個人說過，當時清朝把台灣割讓給日本，台灣人起來抗日，十萬兩白銀的軍餉，卻被那個人偷運走了。他不瞭解，爲什麼爲這種人塑銅像。難道這就是銅像的意義？

「他們眞的要把他關到死？」

實際上，福壽伯也感覺到，死由三個方面逼近他們三個人。上次，阿平夫婦從美國回來，不但邀福壽伯夫婦他們去美國定居，還把機票也帶回來。他們只等兩個老人家點頭。

「不。」福壽姆就是不點頭。福壽姆已等了三十多年了，但是她還必須等下去。阿和和阿平同樣是她的兒子，但是福壽伯瞭解，幸福的兒子，和不幸的兒子，對父母的意義卻是完全不同的。

福壽伯他們到了公園的大門，在博物館的前面停了一下。他還記得博物館前面的那些大王椰子矗立在那裏的情形。現在，那些椰子還有，而且高度已超過博物館的門樓了。

還有，那幾棵菩提樹，現在樹幹已那麼粗大了。他還記得福壽姆第一次告訴他什麼是菩提樹時的感動。因爲那是和佛教，也和修伯特的音樂連在一起的樹，也是他不知已聽過多少次，只是一直不認識的樹。

福壽伯再由襄陽路推到懷寧街，卻依然找不到門。所有的入口，用各式各樣的鐵門堵住了。鐵門似乎做得很堅固。爲什麼連公園也要像防範小偷那樣呢？

「我在這裏等，你一個人進去。」

福壽伯他們已走到衡陽路口的邊門，已可以看到那個水池了。

「不行。我一定要想辦法推妳進去。」

這時候，福壽伯想到，以前在音樂台附近看到幾輛垃圾車，那邊一定有出入口吧。

他把輪椅推到那邊，果然找到了一條路。

「是不是可以進去？」

福壽伯一向怕事。如果每一個人都像他，公園也不必裝鐵門和鐵欄柵了吧。阿和如果像他，也許也不會被捕的吧。不，那也不一定。他還記得，那時候有許多比阿和更年輕的人被捕，有的也被槍斃了。有的，只是因爲他們糊里糊塗地簽了名。阿和能不死，大半是福壽姆的功勞。那時，她幾乎把所有的金子都用光了，如果沒有她多方奔走，或許現在已沒有阿和這個人了。

福壽伯用力把輪椅推了進去。那果然是一條路，而且也沒有人阻止他，甚至也沒有人理睬他。

公園內是一片和平氣象，在樹蔭下，有人悠閒地看著報紙。另外，在散步道上，在草坪上，有不少人在打拳練武，或跳土風舞。那些人，把公園內所有的草坪上的草，幾乎全部踩死了。

在音樂台前面，靠近路邊的長凳上，有一對白髮老夫婦在靜靜地看著報紙。他們可能比福壽伯夫婦還老吧。福壽伯覺得，他們兩個老人，坐得很近卻又好像離開很遠。不，應該說，他們雖然各人看著自己的報紙，卻依然那麼接近。

福壽伯把輪椅推到中央那條大通道上。在通道的中央和兩側種著一簇一簇的杜鵑花，正開著紅色和白色的花朵。他聞到了一陣花香，應該是那些杜鵑花的香味吧。

以前，這些杜鵑花的花壇上，還種著一排高大的福木。有一天，這些福木全被挖走了。有人說，那些福木已被種到新建的紀念堂去了。

在花壇上，除了杜鵑以外，還豎著一根一根的路燈。福壽伯還記得，從前，路燈好像是點煤氣的，到了黃昏，管理員就去點路燈，就像現在歐洲一些古老的地方那樣。

在大通道上，有不少人來來往往。有些，好像是上班的人，有些好像在散步。

在路邊一張用鋼條彎成的長椅上，坐著一對年輕的男女。他們那麼年輕，大概都不到二十歲吧。他們手拉手，談得很起勁。福壽伯他們走過的時候，女的忽然站了起來，用力替男的抓肩膀。他們一邊抓，一邊笑，笑得很開心。

在福壽伯那一代，二十歲就算是成熟了。不過，在那個時候，年輕男女是不敢公然這樣的。他還記得第一次帶福壽姆來新公園散步的情形。那是五十多年以前了，那時候，他們剛剛訂婚。就是已訂婚，他們還不敢並肩而行，女的總是走在後面一點的地方。

他還記得，以前這一條通路，是小砂石路。不，所有的路，都鋪著小砂石。日本人喜歡砂石路。他好像還記得踩在砂石路上的聲音和感覺。

福壽伯繼續往前推。忽然，他注意到福壽姆正回頭去看那兩個年輕人。

福壽伯不禁用手背輕輕碰觸福壽姆的臉頰。這雖然不是常有的動作，現在，也不會有人訝異了吧。開始，福壽姆似乎怔了一下。但是，她立即把臉頰輕輕壓在他的手背上。看來，今天她似乎沒有對他生氣。

福壽伯繼續推著輪椅。就在路中間，他看到了一棵椰子樹，瘦瘦高高，直直衝向天空。不，正確的說，那應是檳榔樹吧。大家稱爲青仔叢的那一種。現在，它已長得那麼高，他必須仰起頭才能看到上面的葉子。

「你看。」福壽姆指著椰子樹的樹幹說。

椰子樹的樹幹，有許多窟窿，有大有小，有的地方已整個凹下去了。樹也會老的吧。

「那是什麼？是槍痕嗎？」

「我不知道。不會吧，在這樣平靜的地方。」

「平靜，或不平靜，都是人造成的。以前，在這個地方，是不是槍斃過人？」

「沒有吧，我沒有聽說過，我已記不清楚了。」

福壽伯說，趕忙把輪椅推開，推到駝背橋的橋頭。橋上和附近的池邊，都圍繞著不少人，也可以聽到那些人的喧囂的聲音。

這個水池，以前就有了？福壽伯問著自己。不錯，那時候，水池裏種著荷花。也養了一些桔紅色的鯉魚，叫作緋鯉的那一種。

福壽伯還記得水池中的那個石燈籠。那是日本式的，他們竟讓這東西留下來了。另外，他也看見水中有個石台，在那石台上和石台附近的水面有不少烏龜。最近，他看報紙，說有三個國中生偷捉了三隻烏龜，被警察捉到，將移送法辦。他們還那麼小，這樣會影響他們一生嗎？

福壽伯把輪椅再往前慢慢推了幾步，一直推到水池邊。水池邊砌著大石頭擋住輪子。

「妳看，那麼大的魚。」福壽伯俯身，靠近福壽姆的耳邊說。

「那是什麼魚？」

「草魚。」

「我們吃的那種草魚？」

「嗯。」

草魚游得很慢，一副從容不迫的樣子。

「那種魚，有點像紳士。」

「嗯，眞的有點像。」

有人在駝背橋上，把食物丟下去餵魚。

「這些魚，都不怕人？」

「不怕，和人接近慣了。」

「以前，你來餵魚，都在橋上餵？」

「嗯。」

「你上去吧。」

「今天人很多。」

「爲什麼？」

「天氣好。我要和妳一起餵。」

「不，我不方便，你自己餵好了。」

「不，我們一起餵。不過，我們要等一下。」

「爲什麼？」

「等浮萍吃完。魚先吃浮萍，再吃麵包。」

福壽伯說，略微向前移動兩、三步，果然又看到了那個賣浮萍的老人。那個老人就蹲在駝背橋的另一端，剛才因爲橋面擋住了視線，沒有看到。

福壽伯遠遠地看著那老人。那老人又矮又瘦，可能經常在田地間撈浮萍，皮膚呈黑褐色。浮萍是盛在塑膠碗裏，一整排放在橋欄上。塑膠碗有大，有小。大碗賣五塊，小碗賣三塊。有人走過去，向老人買了浮萍，再回到橋上，用湯匙把浮萍一匙一匙抛下去。

浮萍一碰水面，水裏的魚就迅速聚集過來搶吃。池裏的魚，大部分是草魚和吳郭魚，也有少數的鯉魚。吳郭魚搶得很凶。牠們在那裏，不停打轉和翻滾，有的整個身子都衝到水面上來。牠們翻滾的地方，水波也翻動起來，濺起白色浪花，在陽光下閃出銀色的光。

浮萍一撒下，一下子就被搶光，只剩下零零星星的綠點漂浮水面。

因爲看得清楚，餵魚的人喜歡到橋上。不過，有時橋上太擠，也有人到池邊來餵魚。魚反應得很快，有兩批人在撒浮萍，魚也立即分成兩批。有三批人，就有三批魚。

草魚吃得比較慢，卻很有效率。牠們張開著大嘴，連水一起吸進。小魚卻在旁邊亂衝亂跳。

「那小的是什麼魚？」

「吳郭魚。」

「聽說，吳郭魚是從外面移進來的。」

「是從南洋來的。」

「怪不得搶得那麼凶。搶得凶，才長得快吧。」

福壽伯和福壽姆等那賣浮萍的老人把浮萍賣光，人也散了一半，才拿出麵包來餵魚。

「你上去。」福壽姆整包麵包遞給他。

「不，在下面餵也一樣。」

「你上去，我在這裏看得到。」

「妳也一起餵。」

福壽伯把輪椅推到池邊，接了麵包，把它掰成一小塊，拿給福壽姆，隨手捏了她一下。

「妳先餵。」

福壽姆接了麵包塊，伸手想把它丟進水裏。水就在面前還不到半公尺的地方，麵包卻掉在地上。

「我，我不行了。」福壽姆快哭出來了。

「怎麼了?」

「手發麻，連這一手都發麻了。」她略微舉起左手說。

「再試一下。」福壽伯把掉在地上的麵包塊撿了起來。

這一次，福壽姆用了很大的力，把麵包丟進水裏。

「這就對了，這就對了。」

「我丟過了，剩下的，都是你的了。」福壽姆說，把整包麵包交給福壽伯。

麵包丟得太近，人也太靠近水邊，魚還沒有游過來。

「過來，過來。」福壽伯輕掰著麵包，丟進水裏。

「過來，過來。」福壽姆伸長著脖子喊著。

「來了，來了。」

「來了。來了。」福壽姆提高聲音說。在公共場所她是很少這樣大聲說話的。

魚群迅速地游過來了。有的從水面直接游過來，有的從深水浮上來。有大魚，也有小魚。他們張著嘴巴，把麵包吸進去。魚越來越多，福壽伯來不及，把一塊麵包掰開成四、五塊，丟進水裏。魚搶得很凶，尤其是吳郭魚，搶得連麵包都跳起來了。

「你看，麵包好像在跳舞。」福壽姆喊著。

福壽伯轉頭看看福壽姆。福壽姆睜大著眼睛看著水池。她大概沒有這麼近，看過這麼多的魚吧。魚爭食的動作，好像生命的躍動。他看她微張著嘴巴，嘴角還帶著一點點笑意。那笑，雖然那麼稀薄，卻依然是一種笑。那是今天第一次看到的。不，是幾天以來，也許是好幾個星期以來，第一次看到的笑容。

「以前，我看到的魚，都是在砧板上的。」

但是，就在那一剎那，福壽伯又看到了福壽姆的臉上掠過一陣陰影，她的眼眶也紅起來了。

「怎麼啦？」福壽伯捏住她的手問。

「我，我在想，人真的會比魚更快樂嗎？」

「不要這樣了，不要亂想了。」

「你餵你的魚吧。」

福壽伯一邊餵魚，一邊注意著她。

「那是什麼?」福壽姆突然叫了一聲，手指著池邊垂柳的枝葉下。

「枯葉吧。」

「不是。是那邊。」

福壽伯實在沒有預料到福壽姆的眼力還那麼好。他也看到了，就在五、六公尺外，在枯葉和一些塑膠袋、汽水罐當中，漂浮著一條死去的吳郭魚。那條魚白肚朝上浮在水面，活魚的顏色和光澤都已完全褪掉。

在遠處，一個清潔工人，正拿著一把長柄的鐵絲網，撈著浮在水面上的垃圾。

「我不知道能不能活到阿和回來?」

「能夠，能夠，一定能夠。」福壽伯緊緊地抓住她的手說。

「你不要再騙我，也不要再騙自己了。」

一九九〇年

贖畫記

刑亂國，用重典

——周禮・秋官・大司寇

一

進來的是一個四十歲左右，身材中等，頭頂微禿的中年人。他穿著深褐色的上衣和紫灰色的西褲。他先問了我的名字。

「我就是。」

他告訴我他姓張，名叫仰修，爾後從手裏的封套拿出一張二吋照片，一個女人的照片，有一點泛黃，以及一張一尺寬二尺長左右的國畫。

「你記得這個女人嗎？」

我看了照片一下，搖了搖頭。

「她是我母親，差不多在二十五年前，拿了一張畫來賣給你。這是她的畫，和賣給你的那一張，大小一樣，畫的題材也類似，一樣畫著一隻麻雀。」

我把畫仔細看了一下，那只能算是一張習作，爾後再看看照片。

「呃，我記起來了。」

「眞的？」

不錯，那是二十多年前，父親剛把這一家「尚藝堂」的畫店交給我不久，有一天，我記得是在早上十一點左右，一個三十多歲，還不到四十歲的細瘦女人進來，拿了一張畫給我看。當時，我雖然接了畫店不久，因爲我在畫商家裏長大，在父親的畫店裏也工作了五年以上，對於畫多少也有一點瞭解。那一張畫，和面前的這一張類似，也是畫一隻麻雀，和一撮稻子。

在台灣，畫國畫的，很少有人畫麻雀，而且只畫一隻，也很少有人畫稻子，所以我有特別深刻的印象。其實，她的畫並沒有畫好。她的筆觸粗軟無力，著色也不對。我還記得，當時我並不打算買下那一張畫，把畫推還給她。

「我知道我畫得不好。就算借給我兩百元，我不會再來的。」

她看了我一眼，立即垂下視線，她的聲音是近乎哀求的。

開畫店，這種事是時常會碰到的，一些剛出道的畫家，拿了一些未成熟的作品到店裏來。有的是經濟的關係，有的是實在不知道自己的實力。而那一張畫實在不夠一般的水準。

那時，父親剛好端著一杯茶從裏面出來。自從他把店交給我之後，原則上他是不再過問店務，有什麼特別的事，我會進去問他。

「把它買下來吧。」

父親看了畫一眼，開口說。我有一點意外。

我交給那女人兩百元。她一直點頭稱謝，向我，也向父親，爾後低著頭出去。我看到她的眼眶已紅了。

「這張畫，畫得並不好。」

父親再拿起畫看了一下。

「我知道。不過，做畫商的，有時也不能全看商品。這個女人，一定有什麼困難的。」

現在，父親已過世十幾年了，我還記得他說的那些話。父親的那些話，給我很大的啓示，做人，和做一個畫商。實際上，自從那一次以後，我對父親，也有了更進一步的瞭解。

「你這一張畫？」

第一個感覺，我以爲他又是來賣畫的。我還記得他母親說過的那一句話：「我不會再來的。」但是，我再看他一下，覺得他實在不像來賣畫。

「我是想把母親的那一張畫贖回去。」

「呃。」這，我倒是沒有想到。

「我母親說，那一張畫是不可能賣出去的。如果沒有丟掉的話，有可能還在你的店裏。只是太久了。」

對畫而言，二十幾年只能算是很短的時間。我店裏，就有幾百年前的作品。畫，不管好壞，我們是不會丟的。我知道他說丟掉和我的意思不一樣。有時，我會整理一些比較不成熟的畫，整批賣給小一點的畫商。不過，我是沒有把那一張賣掉的。

我還記得，幾個月前，我在整理儲藏室時，還看到它。本來，我也曾經想把它賣掉。但是，每次看到它，就會想到父親，和父親說的那些話。所以，我就把它留了下來，只是記不清楚放置的正確位置。

「如果已丟掉，我母親也要我把錢還給你。」

「畫是還在，只是，我要去找找看。」

我到儲藏室，在那幾堆還沒有裱褙的畫，一張一張地找，大概找了十分鐘，終於找出那一張畫。

「找到了。」我把畫拿了出來。

「眞的？」

我把畫拿給他看。畫的題材，畫的方式，和紙張的大小都是相同的。簽名也一樣，簽著「疾梅」兩字。我把兩張畫再比了一下，看來我店裏那一張還要略勝一籌。當時他母親也挑過的吧。

「我想把它買回來。」

「不必了，你就拿回去吧。」

我好像再度看到父親端著茶站在那裏的樣子。

「不能這樣。」

他說那是他母親的意思。他母親說，就是找不到畫，也要把兩百元加利息還給我。

我知道有些畫家，在成名之後，爲了保持名聲，時常把未成名時流到外邊的不成熟的畫高價買回去。

但是，他說他的母親認爲，那是一張完全沒有價值的畫，而她也不是什麼畫家。她只是覺得那是她的一件負債。

他說，他曾經去銀行問過，有人告訴他。那兩百元如果把利息也算進去，已增加三十幾倍，所以他要給我一萬元。如果我找到畫，他要我說出一個數目，好讓他把畫帶回去。如果我不說，他就依照他的算法，還給我一萬元。

不然，他說，他可以用他母親的另外的畫和我換。他說，那是他母親以後畫的。

這一點，正是我最感興趣的。雖然，我覺得她畫得並不好，基礎不好，觀念也不對。但是人是會變的。我看過不少畫家，他們的才能來自不斷的努力。作爲一個畫商，我是不願意錯過任何機會的。

「我可以看看她的畫嗎？」

二

我依照約定的時間去他的家裏。他的家在山下大學城附近，是一幢四層樓的房子，樓下開著一家牛肉麵店。我去的時候，已是下午兩點多了，店裏還有好幾個人在吃麵，看樣子好像是那所大學的學生。

他說這幢房子是他的，包括那一家牛肉麵店。

他帶我到四樓，後面那一間，就是離開馬路較遠的那一間，是他母親的畫室。那是一個十坪大小的房間，靠近窗邊有一個畫桌，桌上擺著一些畫具。往窗外看，還可以看到連綿的矮山。

我看到牆上掛著一幀放大的兩人照片，一位是他母親，另外一位應該是他父親吧。他們兩個都那麼年輕，看起來像是小孩一般。從服裝看，那應該是在大陸照的吧。兩個人肩靠肩，露出微微，卻很自然的笑容。尤其是他母親，臉頰飽滿，和從前我在店裏看過的細瘦的樣子完全不同。

另外，在畫桌的一角，放著一幀較小的照片，是他母親的，也就是我看過的樣子。但是，從時間而言，似乎是更以後照的，臉上還可以看到皺紋，頭髮也已斑白了。從這張照片，我可以看到一雙發亮，可以看透人心的眼睛。那是以前所沒有的。

「我們家是不掛什麼偉人的肖像的。」

他突然冒出這樣一句話，使我感到有些訝異。

另外，在牆上掛著一幅裱好的畫，畫的是梅，看來又有一點泛黃，一眼就可以看出和他母親的畫迥然不同。上面還寫著「紀念靄梅念五歲生日」。

「這是誰畫的？」

「我父親。」

「呃。」

我仔細端詳了那一幅畫。他父親畫的是傳統的國畫，但是，不管是意境或筆觸，都是上乘的。樹枝的排比、花朵的配置、顏色的濃淡、留白運用都讓人有一種脫俗的感覺。我看了看所題的名字，在本地的畫壇上卻是完全陌生的。

「這是你母親的名字？」

因爲他母親的畫所題是「疾梅」，不是「靄梅」。

「嗯。」

「你父親，只畫了這一張畫？」

他沒有回答，默默走到畫室的一邊，打開櫥櫃，取出一疊的畫在畫桌上攤開，一張一張小心地翻著。

本來，我以爲是他父親的畫，他抱出來的卻都是他母親的畫。

他母親的畫雖然也是國畫，卻和傳統的畫大相逕庭，題材不同，表現的方式也不同。而更重要的是她的心境和一般的畫家完全不同。

一般的國畫，多半畫的是山水、花鳥和人物。其他，也有人畫動物，如虎、貓或馬等。

他母親的畫，以活物爲多，人物或動物。有時，也畫些花卉、草木、或靜物。卻只是陪襯，不是主題。

她所畫的，不管是人物或動物，整個畫面都那麼陰暗，都漲滿無奈的氣氛，那些活物的表情和姿態，也都充滿著痛苦和悲哀。她的畫中，看不到一般國畫中的閒適、寧靜和超脫的訊息。她所畫的人物，不但充滿著痛苦，有時還可以看到悲憤的神情。一般的國畫中的人物，表情都經過了淡化。所以顯得刻板和模糊，表達不出喜怒哀樂的心緒。但是她卻正相反，她竭力想加以濃化，那些人的感情也是強烈的。一般的人，只讓你意會，她卻教人感受。這似乎不是一般國畫的特徵。

她所畫的花鳥，也和一般國畫不同，她畫麻雀、白頭殼、青笛子和嗶囉。有一雙站在竹枝尖的嗶囉，張嘴向天啼叫著，嘴角還淌著血。仔細一看，那雙嗶囉的腳，已被竹子夾住，就是南部用來抓伯勞的鳥仔踏。雖然牠張著翅膀猛拍，也是無法逃脫的。上面寫著五個字：「渡鳥的悲運」。

另外一張，她畫了一對雉雞，也就是台灣的特產，也正是快要絕跡的帝雉。牠們正軟軟地躺在地上，地上留下一灘血。

她所畫的花卉也不同。她的畫中看不到梅菊蘭，也看不到牡丹。除了她賣給我的那一張和他兒子帶到我店裏的那一張畫的是稻子以外，她也畫番薯。她畫的番薯，還開花，開了像牽牛花的那種。我沒有看過有人畫番薯，我自己也不知道番薯會開花。我還看了一隻蟲停在番薯葉上，咬噬著葉子。我還看到那條蟲長著一對犄角，看來更像一條龍。

「那一張麻雀的畫，是不是可以讓我再看一次？」

他把畫攤開。我看到那隻麻雀的眼睛，掛著一顆淚水。原來，我以爲沒有畫好，卻是在流淚。

我曾經聽說過，有個畫家，畫了一幅叫「遙望神州」的畫，畫了一條流淚的青龍，也因此被抓去關了好幾年。

她的畫使我想起了孟克。也許，她根本就沒有看過孟克的畫，以及那一些二十世紀初的表現主義的畫家，如馬爾克、庫賓、基爾希那、紐爾蒂等人的畫。

但是，她和那些畫家的想法卻是相似的。她所追求的，不是優雅和閒逸的美。她想畫的是痛苦、無奈和絕望。她想畫的是人類最深沉的感情和人類最悲哀的命運。她是不是有那種能力，是不是有那種才氣，我不敢說。國畫是不是適合那種題材，我也不敢說。但是，她的意圖卻是明顯的，她是依照一己的意念在作畫的，這正是國畫中最缺乏的創作精神吧。

然而，是什麼樣的動機驅使她走上這樣一條路？更重要的是，她是不是想替國畫開闢一條新的路，還是她只想表達個人的特殊感情呢？

從她的那些畫，我似乎可以看到進步的軌跡。從那一張麻雀到現在，她的進境是驚人的。更可貴的是，至少，她已畫出了自己的世界。這正是許多有雄心的畫家努力追求卻無法做到的。

但是，目前這種保守的國畫界，是不是有人會承認她，也是一個極大的問號。她的畫，實在偏離傳統太遠了，甚至已無法用離經叛道來形容她了。

「你母親的畫，實在太不一樣了。」

「當我買了這一幢房子，我是想在四樓蓋一間佛堂給她。她說不要佛堂，要畫室。畫室蓋好了以後，她就一個人躲在裏面繪畫，不讓任何人進去，一直到她過世爲止。」

「她已過世了？」

「嗯。她畫得怎樣？」

「她的畫，充滿著陰暗和悲慘。」

「呃。」

「有什麼特殊的原因嗎？」

「這……」

「不方便說，就不必說。我只是來看畫的。」

其實，我是很想知道的。一個畫家的畫風，和他的生活、思想，是很有關係的。瞭解畫家的生活和思想，對瞭解作品是很有幫助的。不過，我知道許多畫家，是不願意讓他們的私生活曝光。

我把他母親的畫，從頭再看一次。

「你父親的畫，還有嗎？」

實際上，我更關心的是他父親的畫。他是一位很優秀的畫家。而且，從他的言辭舉動中，我已感覺出他父親已不在世，而且遠早於他母親過世之前。

他再默默抱了一大疊的畫出來。這一疊看來只有二、三十張。從量而言，他父親的畫遠比他母親的少。但是，從內容而言，我是更能瞭解他父親的畫。

「你父親畫的不多。」

「他、他、他很早就過世了。」

他說，他的聲音有點沙啞。我看他低下頭，眼眶已有些紅了。這使我再想起他母親畫的麻雀。

我再看看牆上的照片。那一對夫婦，是那麼年輕。但是，我看到張仰修的心情是那麼沉重，也不便再問下去了。

我繼續看著兩人的畫。就一個畫商而言，我是會選擇他父親的畫。那是傳統的，整個畫面自然流露著清越和飄逸的氣息，那是非常可貴的。以前，有一位評論家就說過，在現在這動蕩的時期，是不容易出現這種畫風的。像這樣一個畫家，應該是天生的吧。

「這些畫，你肯賣嗎？」

「你覺得我父親的畫，畫得很好嗎？」

「很好，只可惜畫太少了。」這是眞心話。

我知道有些畫商，看到了好畫，也不會說出來，以便廉價購得。

「呃，實在太可惜了，不然，一定是一位名家。」

「因爲死得太早了。」

「我母親的呢？」

「她的畫，實在與眾不同。所以我也不敢遽加論斷這些畫的價值。」

「我母親在臨終時，告訴過我說，她在世時，只有你一個人買了她的畫。她很快就明白，她的畫是賣不了的。她已死了這條心。她寧願去找粗重的工作。她做過清潔工人，做過傭人。她活得很苦，卻不曾忘記過畫畫的事。」

「她有沒有想過賣你父親的畫？」

「那是不可能的。她作畫，完全是想了卻一件心願。我父親未實現的心願。」

「呃。」

「眞的，要是你願意你可以選一張。這是我母親的意思。」

「你母親不肯賣你父親的畫，但是她自己的，卻好像沒有那麼堅持。」

「你是說？」

「譬如說，她有沒有禁止你處理她的畫？」

「沒有。她不肯處理我父親的畫，是對父親的尊敬，是和父親的感情，以及……我母親把我父親的那些畫，視爲自己的身體的一部分，是她的生命。她在最困難的時候，都一直堅守著。」

「如果有人出很高的價錢呢？」

「這個不是價錢的問題。我對我母親，就如同我母親對我父親那樣。」

我做畫商多年，看過不少做子女的，他們的父母一旦過世，他們就巴不得趕快把他們父母的作品處理掉，有的甚至就像賣廢紙那樣，論斤出售。他們是急於想擺脫父母的影子，還是急於想騰出一些空間來，我就不太清楚了。我們做畫商的人當然高興，但是另一方面看到那些子女的行爲，心情卻是非常痛苦的。

「眞的，請你挑一張。」

「不。」

「爲什麼？」

「你留下來吧；完完整整地留下來吧。」

「那我給你……」

「不要再提起錢的事了。我雖然不知道你們家族發生過什麼事。但是我感覺得出來，一定有很不尋常的遭遇。不過，我誠誠懇懇地對你說，有一天，你如果願意賣畫，不管是你父親的，或你母親的，請你讓我知道。」

我說了，就下樓出來。

三

過了三天，張仰修到畫店來找我。我以爲他已同意賣畫。但是我立即感覺到我的猜想並不正確，不過我還是期待著。

「我想了很久，還是決定把這一件事告訴你。」

他說，他父親原籍江蘇，在抗戰期間，響應十萬青年十萬軍的號召，輟學加入軍隊。抗戰結束以後，國軍和共產黨又打了起來，他父親就跟著國軍轉到台灣來。

那時候，他父親已結婚。

國軍剛撤退到台灣來的時候，士氣相當低落。他們用各種方法來發洩情緒。

那時候，開車的士兵，故意開快車，在街上橫衝直撞。尤其是開俗稱十輪子的大型軍車的，更是時常闖禍，撞死不少行人。

這件事，我自己還記得。那時候，我雖然只有十六、七歲，還在讀初中，每天騎腳踏車上學，在路上碰到十輪子來，都要遠遠地避開到路邊。報紙上也說，這些車叫市虎，眞是人心惶惶。當時，我也很痛恨那些不顧人民生命的軍人。

看到這種情況，長官公署下令，凡是軍人開車輾死老百姓的，一律就地處決。

他父親開車上街，撞死了一個路人。他父親說，當時是爲了閃避一隻狗，忽然橫過馬路的狗。

「人的生命要緊，還是狗的生命要緊？」軍法官問他父親。

「我閃避狗的時候，並沒有想到會撞到人。」

實際上，當時的審判只是形式。他父親的說詞，不但不能減輕他的罪，法官反而認爲他不認錯。當時軍法如山，就是認錯也沒有用的。他父親就在發生車禍的地方被處決了。

我還記得，當時許多老百姓都認爲這是遏止車禍的最好方法，而實際上，市虎在馬路上橫衝直撞的情形也立即消失了。

我實在沒有想到他父親就是這樣死掉的。

「我母親說，我父親是最尊敬當時的長官的，連我的名字也表示出來了。眞是沒想到卻死在這個長官的嚴令下。」

「呃。」

「我父親喜歡畫畫。」他說，停了一下。「他畫畫，母親總是在旁邊陪著。有時，父親也教她畫一、兩筆。她是最崇拜父親的。她說，如果是在平時，他很可能成爲一位很出色的畫家。

「父親一死，她不但失去生活的依靠，也同時失去了精神上的憑恃。我們一下子就變成了孤兒寡婦。

「我父親一死，母親就帶著我離開眷區。那時候，所有軍人可以享受的，我們都沒有了。不但如此，因為發生了這種事，我們也實在無法見人。

「那時候，雖然也有人同情我們。但是，卻也無能為力，頂多是精神上給我們一點支持而已。

「我們離開眷區時，我只有兩歲。可以說，什麼事情都不懂。我連父親是怎樣一個模樣，也完全沒有印象。

「母親做過清潔工人，也做過傭人。實際上，在這之前，還做過乞丐。因為我們的身分和遭遇，連做最粗賤的工作都不容易。後來，還好有一個賣饅頭的同鄉收留我們。

「我還記得，我們住的是違章建築，一下雨，雨水就從屋頂上滴下來。我們要撐著雨傘睡覺。

「後來，那個同鄉的太太去世，老闆要娶我母親，我母親沒有答應。有一天晚上，老闆到後面來，壓住母親，我狠狠咬了他一口。他打我，也打我母親。我們只好連夜離開。

「那一段時期，是我們最苦的時期。我根本連讀初中的機會都沒有，一讀完小學，就去打工。但是，我太小，什麼都做不好。我踩過三輪車，客人嫌我太小踩不動。我去台北橋那裏跟過卡車，也曾摔下來，摔斷了兩顆門牙。」

說到這裏，他張開嘴，果然有兩顆門牙是補過的。

「我去爆竹工廠工作，母親把我抓回來，說如果我再去，她要餓死給我看。其實，那時候，我們是眞的會餓死的。

「後來，我去一家牛肉麵店做小弟，先從洗碗開始。幸好那位師傅很疼我，教了我不少事。過了三年多，我由小弟變成助手。後來，我自己又出來擺攤子，生意還可以，生活才安定下來。

「關於父親的死，我是完全不知道的。母親一直到臨終之前，才告訴我的。

「父親死後，只留下那些畫。那些畫，還有我，可以說是母親活下去的勇氣。母親不但要守住那些畫，還想增加一點什麼上去。母親去找你的時候，正是我們的生活陷入絕境的時候。就是我去爆竹工廠工作的時候。母親還很天眞地想靠畫畫養家呢。

「我母親立即瞭解了，一個生手要在藝術圈生存，幾乎是一件不可能的事。她畫了一輩子的畫，只賣了你那一張。她告訴過我到處碰壁的情形，有些畫商還譏笑她。其實她很清楚，你買她的畫，並不是因爲它有價値，而是由於你高貴的同情心。

「但是，我母親一生不肯放棄作畫。她要用這個方式來懷念父親，要用這個方式和父親連在一起。她也更想用這個方式來表達自己。

「這時候，畫得好和不好，已不是問題。賣得出去、賣不出去，更不是問題。

「她作畫的時候，都是把門關起來的。她不讓任何人看她作畫，包括我。我不知道她是怕我感染到那種悲愴的氣息，還是不想讓我知道我的家庭曾經發生過那麼大的不幸和不名譽。一直到她病危了，她才把我叫進她的畫室。

「她交代我的第一件事，就是要把你的那一幅畫贖回來。爾後，再告訴我父親是怎麼死的。

「當然，我瞭解，她實在不願意那種不成熟的東西流到外邊去的。

「她說，在開始，她怎麼也無法承認父親慘死的事實。她總覺得父親就在身邊。但是，當她一想到父親在身邊，父親就遠離開她了。她說每次想到父親，她就會感到心痛，就好像很尖銳的東西刺穿她的心一般。她說，那些子彈就是打在她心上的。她一定要把那種感覺畫出來。

「但是，她自己也不知道自己畫得好不好。」

「她叫我把那張麻雀的畫贖回來之後，要我立即燒燬。其實，她自己已把比較早期的一些習作處理掉了。她甚至暗示，其他的畫，如果畫得不好，也都應該燒燬。她沒有自己燒燬，是因爲她完全無法判斷。

「在她臨終之前，她做了一件很果決的事。她把已保留將近四十年父親的血衣燒掉了。她說這是她自己的事，她的事，要在她走掉之前把它結束。她甚至認爲將這件事告訴我都是不應該的。當時我已有感覺，父親是死於非命的。所以，我就一再逼問母親，母親是被我逼出來的。她說至於那些畫，如果只是屬於個人情緒的發洩，便沒有價值，也是同樣要燒燬的。一方面是由於我苦苦哀求，另一方面也可能是她還多少抱著一點希望，希望那是屬於社會，屬於一般人的共同感覺。也就是說希望它們是眞正的藝術作品。但是，她完全沒有自信。我瞭解，她多少也希望由於她的作品，能引人注意到我父親的作品。她實在不願意讓父親就那麼白白地走一趟。我來找你，多少也想請你鑑定一下。」

他斷斷續續說出他父親、他母親以及他自己的遭遇。勉強說到最後，他已泣不成聲了。

我告訴他，我只是一個畫商，恐怕力有所不逮，無法鑑定他母親的畫的眞正價値，必須另外請教專家。

「這個……」

「我瞭解你的意思，我不會告訴他們你父母的遭遇，我會請他們用純藝術的觀點來評價。至於你父親的畫，我是永遠有信心的。」

一九九一年

夜的聲音

壽山是一個小鄉鎮，有兩排房子夾著公路鄰立，每排有三、四十間，加起來差不多有兩百公尺的長度。

晚上九點半左右，很靜。不過，靜是暫時的，偶爾也可以聽到從後面的公路那邊傳來汽車駛過的聲音，和阿爸間隙性的咳嗽聲。實際上，後面的公路那邊應該是前面，因爲這邊是後門。

阿市聽得出來，那是卡車，或者是公路局班車的聲音。在這夜靜的時候，她的耳朵特別的靈敏。她已養成辨認各種聲音的習慣，連後面圳溝，橋柱有較多的稻草卡住，水流急湍一點的聲音，她都聽得出來。

這麼晚了，阿棟會回來嗎？每當有車子從公路那邊經過，她都會想到阿棟。不過，阿棟多是走路回來的。

「咻，咻，咻。咳，咳。」是阿爸在隔壁房間裏咳嗽的聲音。

「喵，喵。」貓也在屋頂上叫著。

阿市聽到貓的那種尖叫聲，會感到不自在。

她轉頭看看床上的三歲的女兒阿美。阿美側著身子，一動不動的睡著。貓還在叫著。貓的叫聲會吵醒阿美嗎？她伸手摸摸阿美的臉。阿美的臉是暖和的，也許自己的手太冷了，阿美皺了一下眉頭。有人說阿美很像她，尤其是那細細的眉毛。

她把剛打好的毛線拉了一下，又打錯了。已經三次了，今天不知爲什麼一直打錯。她把打錯的部分拆掉，由原來的地方重新開始。

篤、篤、篤。一陣，貓快步踩過屋瓦的聲音。貓跑掉了，貓的叫聲也停了。夜，又暫時歸於平靜。

阿棟會回來嗎？這麼晚了，阿棟會回來嗎？今天晚上，她爲什麼一直想著阿棟呢？

燈光是昏暗的。一顆六十燭光的燈泡照著三個地方，她的房間，阿爸的房間，以及通道。他們說，因爲電力不足，亮度只有正常的一半。

其實，他們用的是夜電，在白天，這三個地方都比現在更昏暗。再加上牆壁和隔間的木板，已被煙和香燻黑了，顯得有些陰涼。不只這個地方，整個房子裏面，都是這樣的。

「咻，咻，咻。咳，咳，咳。」又是阿爸的咳嗽聲。

這裏的房子，和台灣其他鄉鎮的房子一樣，每一間都是窄窄長長的，一共分成前、中、後三落。阿市他們住的是後落，後門就是前門，面對著一條灌溉用的圳溝，平時他們都是由後門出入的。

阿市轉頭看看牆上那個窗子，三尺不到，接近正方形的那個窗子。窗子外面是一塊空地，是隔壁人家的菜園。菜園裏有一棵番石榴樹，樹枝伸到窗邊，枝葉在窗上投下黑黑的影子。

那個窗子，本來是裝有鐵條格子的，戰爭時期，日本政府派人把它鋸掉，拿去做武器了。聽說，那時候物資缺乏。連廟裏的銅鐘也都被徵用了。現在，戰爭結束也已有三年了，他們還沒有補裝回去。

面對著那個窗子，阿市特別感到不安和害怕。那個窗子的位置，雖然比一般窗子高一點，離開地面大概有六尺多高，但是只要拿一個凳子，或者是一個木箱子墊腳，就可以把房間裏面看得清清楚楚。

現在，阿市看到月光把番石榴的枝葉印在窗上的黑影。外面沒有風，但是，她感覺到那些黑影好像在輕輕的晃動著。

阿市時常有一種感覺，好像有一個臉孔，貼在窗上，睜著一對大大的眼睛，窺伺裏面。說也奇怪，她越是不敢看著它，就越會感覺到那個臉孔。所以，有時候她就會轉頭去看看。

她還記得，以前隔壁的兩個小孩，就曾經架了梯子上去，探視裏面。他們是來看阿嫂的嗎？

實際上，鄰家的那一塊菜園，旁邊有籬笆圍住，前面公路那邊是房子，後面這邊又有圳溝隔著，外人是不容易進去的。

那一次，鄰家的小孩爬上梯子，探視房內之後，阿爸曾向鄰家反應，他們的小孩也不再做那種事了。不過，自從小孩的臉和眼睛在窗口出現以後，阿市就一直有那種感覺，感覺有人在窺伺，尤其是陰涼，有風的夜晚。

「咻，咻，咻。咳，咳，咳。」

在後門外面，有一條寬約五、六公尺的圳溝，是灌溉用的，水是從大水河的上流引進，下大雨出水的時候，有時水是混濁的。

跨過圳溝，架著一條簡陋的小木橋，是阿市他們和兩、三家鄰居共同使用，有些橋板已有點腐蝕，橋板和橋板之間的隙縫也越來越大了。

另外，在下游六間房子遠的地方，有一條由後街通往前街的巷子，在巷子的這一端，架著比木橋寬一點的水泥橋。這是架在圳溝上的少數水泥橋之一。在晚上，因爲大部分的人都穿著木屐，在過橋的時候，都發出卡噠卡噠的聲響，尤其在散戲的時候，最爲熱鬧。

這些橋，都沒有欄杆。阿市小時候，喜歡和同伴趴在橋緣看流水。實際上是水在流，感覺上卻是橋在行走，好像坐在船上。這也是一種遊戲，她們稱之坐船去遠足。那時候，她們還不知道旅行這句話。

但是，到了後來，她在過橋的時候，有時也會感到頭暈。本來是水在流，忽然橋也動起來了。所以，她把眼睛抬高，不敢看水面。

那時，她還沒有和阿棟成親。有一天，她上街回來，在圳溝邊碰到了金生。金生緊跟在她後面。她走得很快，在過橋的時候，木屐的齒卡在橋板的隙縫，整個人跌倒在橋上，差一點落下水裏。她雙手緊抓住橋板，水就在她眼前流逝，旋轉，橋也跟著旋轉起來了。她感到頭暈。金生跑過來，拉了她的手。「不要碰我，不要碰我！」她就是喊不出來。

忽然間，阿市聽到了有人走上他們門口小木橋的腳步聲。會是誰呢？會是阿棟嗎？不，那不是阿棟。難道是金生？她的心急激的跳盪起來。

不，那也不是金生的腳步聲。這個人是穿棕木屐的，金生穿的是皮鞋。在壽山，穿皮鞋的人並不多，她是一定認得出來的。

金生是大街上，萬谷碾米廠的小老闆。當時，在阿市尚未和阿棟送作堆之前，他們就央託媒婆來找阿母，要阿市嫁給他。

在讀國民學校的時候，金生大她一年級。就在她升五年級的時候，金生曾經寫信給她。我受妳。當時金生不會寫「愛」那個字。寫成了「受」。這是一件大事。壽山的學校本來就很小，全校也只有十幾班，幾乎全校高年級的學生都知道了這件事，有些調皮的男生碰到了她，就會不停的說：「我受妳，我受妳。」

金生來求婚，提出的條件相當不錯，阿母也有點心動。本來，在台灣的農村，普遍收養童養媳，以便將來和兒子送作堆。這樣子，又可以多個人手，將來也不必向外迎娶媳婦，可以省掉一筆婚嫁的費用。現在，金生他們肯拿出一筆可觀的聘金，將來再給阿棟另娶一個，也綽綽有餘。何況，金生他們有錢有名望，也可以攀上一門有錢人的親家。

對於阿母的想法，阿棟完全不贊成，阿市內心也一百個不願意，只是不敢明白的說出來。

「爲什麼嫁給那個蔣介石？」

金生原先有個綽號，叫大頭生。後來，不知怎麼，就變成蔣介石了。

在日本和中國打仗的那一段時期，除了軍事上的行動以外，在宣傳上，日本人也想盡辦法貶詆中國，醜化中國的領導者。那時候，日本人不叫中國，而叫支那，中國兵也叫支那兵，是有輕侮的意思。有時，甚至用「清國奴」來侮罵看不起的人。這種宣傳，在當時，是教育的一部分，也是生活的一部分。

當時，又因爲戰爭，物資缺乏，有許多營養不良，臉有菜色的小孩，尤其是頭殼特別大的，就叫他蔣介石。那時候，小孩子都是剃光頭的，金生在國民學校的時候，正好長成那個樣子。他們家開了碾米店，並不缺乏米糧，他之長成那個樣子，據說是因爲亂吃東西，患了疳積的關係。

戰爭結束之後，在台灣，蔣介石也變成了偉大的領導者，已沒有人再敢說那種話了。但是，對阿市而言，金生的那個模樣卻一直留在心中，何況金生並沒有立即成爲偉大人物。

阿市不願意嫁給金生，卻不敢說，阿棟似乎也沒有膽量堅持非娶阿市不可，只是在暗中焦急。所幸，阿爸及時出面，阿市和阿棟才能順利成親。那是三年多以前的事，阿市才十七歲。

阿市和阿棟送作堆之後，金生也另外娶妻。但是，他還是時常到後街來看她，尤其是早上她在圳溝邊洗衣服的時候。

阿市在後門前，圳溝邊的石階上洗衣服，有時一個人，有時和女伴在一起。金生站在對岸看她。有時還走到小木橋上來。她在洗衣服的時候，把衣袖撩起，把裙裾紮好，跪在石階上搓洗。大家都說她皮膚白皙。她感到金生的視線，一直射到她的臉上、手臂上、胸口，以及小腿和大腿上。

現在，小木橋上的腳步聲是誰的？那是來找阿嫂的。

「咻，咻，咻。咳，咳，咳。」

壽山的人都在傳說，金生要娶細姨了。要娶誰呢？

「篤，篤，篤，篤。」

那是貓快步跑過屋瓦上的聲音。是一隻？還是兩隻？貓又回來了。小時候，在夜晚人靜的時候，她就時常聽過那種聲音。當時，她不知道那是貓的腳步聲，還以爲那是什麼不吉祥的東西，趕快用棉被蒙住，也不敢問，一直到了結婚之後，緊緊抓住阿棟，問了他，才知道那是貓的腳步聲。

「喵！」聲音悽厲，很像嬰兒的哭聲。

她又回頭看看阿美，阿美略微翻了身，沒有受驚的樣子。

貓是兩隻？還是三隻？

是兩隻，一公一母。不，是三隻，多了一隻公的。阿棟說，這叫「叫春」。不過，兩隻和三隻的叫聲是不同的。兩隻是求偶，是互相討好的聲音。三隻就不同了，那是威嚇，甚至是準備格鬥的聲音。

貓的這種聲音，的確令人煩擾的，有時，甚至令人感到心慄。起先，她以爲那只是貓和貓的單純的打架，就像兩個小孩那樣。後來，才知道那是兩隻公貓在搶一隻母貓，就像兩個男人在搶一個女人那樣。因爲這樣，那種哭聲才會變得那麼悽厲。

在各種聲音中，阿市最怕的是急促的腳步聲和敲門聲。她還記得，阿兄出事，有人來通報消息時的那些聲音。

阿兄是個礦工，礦區就在貓子坑過去的地方，離開壽山只有三個小時的路程。那一次災變，聽說是瓦斯爆炸引起的，阿兄被活埋在礦坑裏面。

在戰爭的時候，美國飛機曾經在壽山附近的稻田裏投下了幾顆炸彈，炸彈炸裂的聲音，搖動了大地。她也曾經看到了炸彈炸出來的坑，像小水池一般。聽說瓦斯爆炸，等於同時投下了幾十個炸彈的威力。

那一次事故，一共死了十四個人。他們只挖出了十二具屍體，另外兩個人卻一直沒有找到，阿兄就是其中一個。

阿母和阿嫂去礦區等候消息。在礦區入口，有一個匾架，上面掛著「仁德煤礦」四個大字。過了匾架之後，右邊的山坡，有幾幢平房，是職員的宿舍，和飲食店，下面一點，也有幾幢較大，卻較粗糙的，是礦工的住所。

路的左邊，是往下的山坡，丟棄著一堆一堆的煤碴，有的已成爲小山了。在路的兩旁，有一堆一堆的煤炭，有粗塊的，也有細粒的。在煤堆和煤堆之間，有一條路，上面鋪設鐵軌，上面有一列一列的輕便車，有的在駛動，有的停在那裏。那些鐵軌，一直通往礦坑的入口。

礦坑的入口，是一個很大的黑黑的洞，像是一隻不知名的巨獸的嘴，人和車不停地出出入入，從洞口還冒出淡淡的白煙。有人說，裏面還在燃燒。

在離開洞口不遠的地方，排著一排屍體，用草蓆或拆開的稻草袋蓋著，有的身子長一點的，腳還露出在外面，腳上沾滿著泥土和煤灰，腳尖那邊放著一碗白飯，遺族一邊燒香、燒銀紙，一邊不停的啕哭著。

「咻，咻，咻。咳，咳，咳，咳。」

阿爸就在隔壁的房間，開始是呼吸不順，爾後是幾聲輕咳。不過，今天晚上阿爸的咳嗽聲，增多了，聲音也慢慢激烈起來。

聽說，那些礦坑，已挖到海底下了。聽說，裏面很熱，所以許多礦工都光著身體，連內褲都不穿的。阿兄也沒有穿衣服嗎？

人死的時候，家人都會找最好的衣服來給他穿。阿兄死的時候，眞的是赤身露體嗎？她還記得，阿兄剛死的時候，逢七祭拜，阿母和阿嫂都燒了不少紙衣給他。

他們還說，地下很熱，越深越熱，最深的地方全是火。瓦斯的火，也是從那最深的地方冒出來的嗎？阿兄的屍體找不到，是不是已被火燒掉了？

在七月半普渡的時候，廟裏掛著十殿閻羅王的行刑圖，許多在世做了壞事的鬼魂，在地獄受刑，遭熱火焚身。大家都說阿兄是個好人，並沒有做什麼壞事，爲什麼要遭受這種刑罰呢？

阿棟也是個礦工，可以說是去接替阿兄的。壽山離開貓子坑不遠，許多沒有農地的年輕人都去當礦工，就是有農地可以耕作的，也會利用農閒期間去賺一點工資，回來補貼家用。

阿市不讓阿棟去。她知道，在礦坑裏工作非常危險。阿兄是個例子，其他，壽山已有不少人死在礦坑裏面了。許多年輕人不幸罹難，好像整個壽山只剩下女人和小孩了。但是，別的工作也實在不容易找，爲了家庭的生活，阿棟也只好再接下這種工作了。

「噼咧！」

那是什麼聲音？剛剛，她是睡著了？她抬頭看看，一顆六十燭的燈光，依然無力的亮著。窗子那邊依然照著明亮的月光，把黑色的樹影印在窗上。

那會是什麼聲音？會是鋼索裂斷的聲音？

阿棟曾經告訴過她，有一次，他們坐台車下坑，突然聽到了「噼咧」的一聲，台車的鋼索斷掉了。阿棟反應很快，未加思索，立即跳下台車，只受到一點擦傷。他說，連一秒鐘也沒有耽擱。斷了鋼索的台車，就一直衝下去。那一次事件，一共死了六個人。自從阿棟告訴她那一件事以後，在夜晚人靜的時候，她會突然聽到「噼咧」的一聲。

本來，阿市也想跟阿棟去礦區。她不知道女人是不是也可以進去，更不知道女人是否也不穿衣服。這一點，她一直不敢問，即使在床上的時候。

阿棟告訴她，女人無法做那種粗重的工作，而且礦區那麼多男人，女人在那邊，實在不方便。聽阿棟的口氣，他是不願意她去那種地方的。何況，家裏還有一個生病的阿爸，需要人家照顧。

自從阿棟去礦區以後，她最怕的就是那種急促的腳步聲和敲門聲。已經有好幾次了，她突然從夢中驚醒過來。有時，她眞的分不清楚是在做夢，還是清醒著。

或許是由於等待、牽掛和害怕，她對四周的聲音特別的敏感。有時候，一點點的聲音，都會使她感到驚嚇。

她沒有聽過瓦斯爆炸，但是她聽過炸彈的爆炸聲。她沒有碰過落磐，但是她知道一塊大石頭砸到你的情況，何況是整座山崩塌下來。還有遺族嚎哭的聲音。阿母和阿嫂哭得死去活來的樣子，還一直刻印在腦子裏面。

她怕死的聲音，也怕活的聲音。活的聲音，並不是來自夢，那是活人的腳步聲，還有敲門聲，輕輕的敲門聲，和阿兄出事前來報信的聲音完全不同。但是，她還是一樣會感到心驚的。

她知道，那些人是來找阿嫂的。

自從阿兄死後，阿嫂就在家裏接客。平時，有人敲門，都是由阿母去開門的。阿嫂的房間就在最外面，客人一進門，就可以直接進去，不必經過別人的房間。

阿嫂在接客之前，先用臉盆從圳溝裏舀一盆水進來。那是白色烤漆的臉盆，畫著紅紅綠綠的花朵和葉子，裏面還放著一條已變黃的布巾。那個臉盆，因為用久了，有些地方已掉了漆，已生了繡，不久就會從那個地方穿破一個洞吧。

阿嫂接了客之後，到廚房的一角，也就是家人洗澡的地方，洗滌一下，把臉盆的水倒掉，再出去舀一盆乾淨的水進來。

有一次，她看到阿嫂蹲在廚房的一角洗滌著。那是白天。阿嫂好像很累的樣子，慢慢的潑著水。她看到了阿嫂的整個臀部都裸露出來。她實在沒有想到女人的臀部有那麼大。

阿嫂可能知道她就站在背後，卻若無其事的洗著。她還記得，阿嫂和阿兄送作堆的時候，阿嫂從洞房跑了出來，哭著說阿兄要脫她的褲子。現在，阿嫂似乎什麼都不怕了。

她也看到了阿嫂臀部有幾條長長的疤痕，那是小時候阿母用細竹枝打過留下來的。阿市自己也被打過，是不是也留下同樣的疤痕呢？

現在，阿母是不會打人了，不過，她還記得阿母生氣打人的樣子。

再有一次，阿嫂體力不支，昏倒了，整個人躺在地上。阿母叫她幫忙，她看到了臉盆內和地上，都是血。現在，她看到了臉盆，尤其是臉盆的紅色花朵，就會想到血。

有一天晚上，她去圳溝替阿嫂舀水，進來在燈光下一看，看到裏面有一隻小雞的屍體，腸子都跑出來了，她嚇得把整個臉盆丟在大廳上。

「咻，咻，咻。咳，咳，咳，咳。」

「呢，呢，呢，呢。」

那是什麼聲音？那是阿母在大廳上燒香和擲神杯的聲音。阿母又在求神問佛了。平時，阿母都是在早上燒香祈神的。今天晚上，是不是阿爸的病狀不好了？

「咻，咻，咻。咳，咳，咳，咳喔。」

阿爸的咳嗽聲，越來越急促了。

阿美在床上翻動了一下身子，輕皺著眉頭，並沒有醒過來。

從前，比阿兄更早，阿爸也是個礦工。阿爸雖然沒有被壓死，卻因爲多年吸著煤灰，整個肺已變成了石塊。其實，在她的感覺中，阿爸，不僅是肺，整個人乾乾瘦瘦的，好像全身都已變成石頭了。

「篤，篤，篤。」

又有另外一種聲音了。對阿市來說，現在已有好幾種聲音交雜在一起，已快辨認不出來了。

「篤，篤，篤。」

那是有人走上小木橋的腳步聲。會不會是金生呢？如果是金生，而阿母又讓他進來，怎麼辦？

不，那不會是金生的聲音。在各種聲音中，她還是認出來那個人的腳步聲，雖然她沒有見過他的臉。他是來找阿嫂的。不知阿嫂一天要接幾個客人？

她怕金生，是因爲前幾天，金生眞的走過小木橋，來敲了門。他直接向阿母說，他要的是阿市，不是阿嫂。有人告訴他，阿市已結婚，而且也生了孩子，爲什麼還要找她。他說：「你不知道，懂得吃雞肉的人，要吃剛剛生了蛋的小母雞。」

她擔心，因爲阿母一直沒有拒絕過金生。上一次，阿母叫她不必再打毛線，說做那種事賺不了什麼錢，對家計沒有幫助。那一天，她看到阿母從市場買了一個新的臉盆回來，沒有掉漆，也沒有生鏽。她知道阿母遲早會迫她去接金生的。

女兒阿美動了一下。阿市轉頭看看她。阿美微微睜開眼睛，嘴角漾了一下，又輕輕的闔上眼睛。

阿嫂也有個女兒，已上學了，同學和鄰居的小孩都叫她雜種子。她明明是阿兄出事前出生的，那時候阿嫂還沒有接客，爲什麼還要這樣欺負她呢？她如接客，人家會不會同樣欺負阿美呢？

有人說阿嫂老了，實際上阿嫂的客人也少了，這也是阿母急著要她接客的原因吧。

「我，我有身了。」她對阿母說。

「眞的？」

「眞的。」

她爲什麼脫口說出這種話呢？其實，她自己也不知道這是否是眞的。她只知道最近身體很不順調。但是，她完全沒有自信是否有身了。她並沒有想騙阿母的意思。但是，阿棟還在，她怎麼去接客呢？她也不願人家叫阿美雜種子。

「但是，我已經答應人家了。」

阿母可能已拿了人家的錢。她知道，阿爸吃藥要錢，問神也要錢。

「妳要給阿棟一點面子呀。」阿爸說。

阿爸是病人，平日是不大管事的。

「面子，面子一斤多少錢？你不看看，我不是也這樣過來的嗎？難道只我一個人不知羞？你也不想想，是誰在醫你的病？是誰在養這個家？」

阿母說的沒有錯，阿母自己也是這樣過來的。後街這邊的人對她還好，前街那邊，有一些比較體面的女人，碰到阿母和阿嫂，還把頭轉掉呢。

對阿市來說，她寧願打毛線，寧願幫人家洗衣服，但是那些工錢實在太有限，根本就無法應付阿爸的醫藥費了。

「等我死，就不會有人管妳怎麼做了。」

說也奇怪，阿爸自從說了這一句話以後，咳嗽的次數似乎比以前多了。

阿市害怕阿爸眞的死掉，那時候，恐怕不會有人來庇護她了。她也害怕，金生眞的會來找她。她更害怕阿棟眞的出了事，她就沒有理由拒絕，像阿嫂那樣。

「咻，咻，咻，咻。咳，咳，咳喔，咳喔喔。」阿爸的咳嗽聲，忽然急激起來，好像已漸漸占住了整個屋子。

阿爸的身體，會有要緊嗎？最近，他已瘦得皮包骨了，整天躺在床上，也懶得起來走動了。

「咳，咳，咳喔。嘔，嘔，嘔嘔嘔！嘩，嘩！」

阿市跑進阿爸的房間，看到阿爸趴在床緣，臉色像白紙一般，嘴角全是血，阿母用手捧著他的頭，地上是一大灘的鮮血。

阿嫂也拉著裙頭衝了進來。

「快，快。阿惜快去請國祥仙來。」阿惜是阿嫂的名字。

「阿市，快去街上借電話，叫阿棟即時回來。」

阿市快步跑出阿爸的房間，衝出門外。

「阿爸不要死，阿爸不要死。」阿市心中唸著。

外面是一片月光。阿市踩過小木橋，月亮就在圳溝裏面。阿市沿著圳溝邊急急的跑著，月亮也在水裏急急的跟著。

她的頭腦是混亂的。她的耳朵在鳴響著。阿爸的咳嗽聲、喀血聲，和阿母的尖叫聲，急急的跟著她跑著。

「阿爸不要死，阿爸不要死。」她在嘴裏不停地唸著。

放生

秀英提著透明的小塑膠袋，和秀美去新公園放生。

新公園已改名爲二二八和平公園了。前些日子，秀英曾經看到，有人在寫有二二八和平公園的花崗石門柱上潑了紅漆。現在已擦掉，卻還留有模糊的紅色痕跡。

爲什麼呢？會是誰呢？紅色油漆，又代表什麼呢？是不是因爲被害的一邊講話太多，加害的一邊也必須表示一點意見？

是四月的早晨，十點左右。

台北，已下了好幾天的雨了。天氣一旦轉晴，太陽就猛烈的直晒下來。公園裏的樹木，因爲雨水的洗刷，再承受著強烈的陽光，清亮亮的閃爍著。

空氣裏，有一種奇怪的味道。

「這是什麼味道？」秀美問。

是因爲下雨太久，土地和草木含著太多水分，都已發霉，現在經太陽一照，都吐出了悶人的氣味？

秀英已提前從小學退休，在醫院裏做義工。

秀英是國中的老師。

秀英的媳婦，因爲患了肺癌開刀，現在已出院，在家裏休養中。兒子媳婦都不抽菸，也沒有二手菸的問題，爲什麼得了這種病？

聽說，開刀是順利的，會不會有癌細胞轉移？

兒子和媳婦是從美國回來的。兒子是博士，媳婦是碩士。兒子學的是資訊，目前在一家電子公司當工程師。

秀英的丈夫在二十多年前過世了，目前只有這個兒子。

兒子和媳婦是在美國結婚的。在他們結婚之前，秀英並沒有見過媳婦，他們回來台灣之後，也不願意和她住在一起。

這種事，不能這樣；那種事，不能那樣。我們在美國的時候，都是這樣，都是那樣的。

媳婦說話，每三句就有一句「我們在美國的時候」。人在美國住久了以後，說話的口氣，也直率多了？

其實，兒子在美國讀書的時候，秀英也去過美國有四次之多。

媳婦生病，本來也想去美國開刀。但是，她的父母沒有同意，說台灣的醫術也不錯，那邊太遠沒有親人照料。

媳婦的父親是蓋房子起家的，聽說，買賣土地賺了不少錢。

媳婦開刀以後，人也變了。她說話的口氣已大不相同了。她已可以很自然地叫她媽媽了。

秀英記得，那一天，媳婦還在醫院，醫生來打針。聽說，曾經有個護士在替病人打針的時候出了差錯，鬧出了人命，以後護士就不能替病人打針，必須由醫生親自動手了。

那天，來打針的醫生，是個新手，一直找不到血管，把病人的手腕都拍紅了，扎了三次，都沒有成功。

著。

「怎麼搞的，生了這種血管？」

醫生自言自語，聽起來好像在怪罪她，也好像在怪罪生她的父母。

媳婦哭了。

那時，只有秀英在旁邊。醫生走了之後，秀英拉起媳婦的手，看著被針扎破的手腕，輕撫著。

「現在的醫生，只會讀書，都沒有經驗。」

「媽。」

媳婦忽然翻起身，拉住了秀英的手。媳婦叫得很小聲，畢竟叫出來了。

在住院期間，秀英曾經探問醫生有關媳婦的病情。

醫生還是說，手術是成功的。手術成功，並不能代表已沒有問題了。癌症病人，開刀以後，還有復發的可能。這也關係到存活率的問題。這一點，醫生是無法答覆的，是要看上天的慈悲了。

上天在哪裏？

秀英的同事教她去問神。現在，在台灣社會，這是很普遍的。秀英學校裏的老師，也有不少人相信。他們告訴她一些靈驗的事蹟。

問神的結果，要她去放生。這比祭拜簡便多了。兒子和媳婦，似乎都沒有反對。

秀美說，這種事，妳也相信？

放生是愛惜生命，是對於人以外的生命的尊重。相信它，有什麼不可？

現在，媳婦已出院，而且回家和她同住。她希望媳婦能平安無事，更希望媳婦能永遠住下來。媳婦能住下來，兒子自然就一起了。

以前，媳婦在開刀的時候，秀英和兒子在外面等候，秀英就想過，萬一情況不好，媳婦一病不起，兒子是不是可以回到原點？

她雖然這樣想過，憂慮之心，還是遠超過那種期待。

自從媳婦改變了對她的態度以後，她更希望，媳婦能完全康復。

她又想，萬一媳婦眞的完全康復，會不會再有變化，又回到第二個原點？

但是，不管是哪一種情況，秀英現在所想，就是媳婦的康復了。

秀英去市場買魚，魚販抓了一把泥鰍給她。秀美是來作陪的。

她們從公園路那邊的門，走進公園。在走向衡陽路的通道上，有一排種有杜鵑花的花壇，現在花季差不多已過，工人已修剪過，留下一簇一簇圓頂的花樹。

通道的左邊有二二八紀念碑，到現在還是有碑無文。紀念碑前的草坪上，種植著彩葉番薯。看來，番薯也可以供人觀賞的。

杜鵑花的花壇上，種植著三色堇和白色海棠花。白海棠花，秀英是第一次看到。

通道的右側，較遠的地方，是四菜一湯的水池和亭閣。亭閣南邊的花壇上，種植著金盞菊、雁來紅和大波斯菊。大波斯菊，細而疏的葉子，高高的花梗上，輕輕的擺動著白、紅和粉紅色的花朵。

花壇裏的那一些花，都是在外地培植，整盆的埋入，花謝以後，再整盆挖出。這樣子，就可以把生命移來移去，實在方便。

「好臭。」秀美說。

一股濃烈的味道，一直撲鼻而來，掩蓋了所有的味道。那是比發霉更強烈的味道。

會是什麼味道？

樹上有許多鳥，吱吱喳喳地叫著。有斑鴿，有白頭殼，最多的是麻雀。麻雀還跑到地上來啄食。

味道越來越強。那是腥味和臭味混合在一起的味道。

路上丟棄著許多清掃公園的工具，有畚箕、竹掃帚和竹耙子。也有電鋸和剪草機。

臭味是來自水池那邊。從水池那邊，也傳來了嘈雜的人聲。

那是什麼味道？那是什麼聲音？

到底發生了什麼事？

她們越靠近水池，人聲越多，臭味也越強烈。

有人在池邊，也有人跑進水池中了。池邊的人和池中的人，都不停地叫喊著。

池邊和池中全是魚。

以前，魚在池水中，因爲隔著水，感覺上沒有那麼多。現在，所有的魚，全都顯示出來了。

魚有草魚、鯉魚和吳郭魚。鯉魚以錦鯉爲主，是觀賞用的。

岸上，有一堆一堆的死魚。有的還在噏著嘴，還沒有完全斷氣。有的，可能已死了很久，已失去了光澤。

池裏的魚，有的還在游動，有的已翻了白肚，漂浮在水面。

池水，已抽掉了一部分，比往常淺了許多。

那種強烈的臭味，是來自死魚，混濁的池水，以及強烈的陽光。

水很髒。淤積的泥垢，全都翻上來了。還有樹葉、紙屑、塑膠袋和空罐子。還有一支破雨傘。台灣人，眞是會丟東西。只要不帶回家的，任何地方都可以丟。這些東西，加起來，大概可以裝滿整台的垃圾車。不，可能還不只一台，要裝上兩台或三台。

以前看電視，曾經看到報導澳洲的乾旱。一個池塘乾涸了，池塘底留著一個可樂的空罐子。只有一個，沒有其他的雜物。雖然只有一個，她還是覺得美中不足。

可是，在台灣，公園裏的水池，更像垃圾場了。平時，只是水多，看不出來而已。

池水雖然很髒，還是有不少人下去。有男人，也有女人。有公園裏的工人，也有民眾。他們都脫掉鞋子，捲起褲管，或撩起裙裾。他們的手腳，都已沾滿了泥水。

他們把死魚丟到岸上，把活魚放在小水桶裏，再移到大水桶。

大水桶是用塑膠製成的，是橙黃色的，方形的，裏面裝著清水。

諾亞的方舟。有一個年輕人喊著。

爲什麼呢？

有人放毒了。

聽說，是因爲工程和金錢的糾紛。

人和人的糾紛，卻算在魚的身上了。

放毒，是很簡便的方法。把毒藥倒進水池裏，一下子就可以毒死許許多多的魚。殺人，可以用刀、用槍、用炸彈。聽說，在伊拉克，也有用毒藥殺人的。

這是洩恨的方法，能解決問題嗎？

人可以殺人，人也可以殺魚。

在戰爭結束不久，有人用手榴彈炸魚，也有人用毒藥毒魚，或用電電魚。用這些方法，可以把大小魚全部殺光。聽說，在菲律賓，現在還是有人用這種方法捕魚的。

岸上，有許多人在觀看，也有許多人在指揮。

「那邊、那邊，那邊有一條大的。」

平時，在公園裏唱歌、跳舞、練劍、打拳的人，都來了。有的下去救魚，有的在看熱鬧。還有一小部分的人，留在樹蔭下，繼續唱歌、跳舞、練劍和打拳。魚的死活，好像和這一部分人完全無關。

有人來了，停下來。有人走了，摀著鼻子。

走進水池裏的那些人，好像忘了臭，也忘了髒。他們把魚抓進塑膠桶裏，救一條算一條。有些人單獨行動，也有些人團隊合作。

「太小了。」

有一個小孩，還是小學生的樣子，雙手捧著一條只有五、六公分的吳郭魚，正要放進水桶裏。一個比較大的小孩，大概是國中生，阻止他。

很多人，都先救大的。生命也分大小嗎？

秀英要放生的是泥鰍，比那些吳郭魚要小多了。

小學生，把小魚丟回水池裏，又去抓大一點的魚。

有人殺魚，也有人救魚。

放毒殺魚的人，可能只有一、兩個。救魚的，卻是一大群人。

殺魚，顯然要比救魚容易多了。

人以外，還有一隻鴨。一隻白鴨，黃嘴黃腳的白鴨，懶懶的蹲在水池邊的矮樹下。這一隻鴨，秀英以前也看過，是屬於這個水池的。鴨吃小魚，也吃浮萍。小魚和浮萍都在毒水裏，牠是否已中毒了？

有一隻暗光鳥，微垂著雙腳，飛越過水池。一般鷺科的鳥，飛起來，都是雙腳往後直伸。也許，牠飛的距離太近，沒有用到全力。不過，看起來牠是有點無精打采的樣子。牠拍動著翅膀，想停在茄苳樹較高的樹枝上，想要站立，卻無法站穩。是因爲暗光鳥不適合停在樹枝上，或者是已吃了中毒的魚？

以前，秀英也在這裏看過一隻暗光鳥。不，是兩隻。暗光鳥，有人叫夜鷺，也有人叫蒼鷺。黑嘴，黃腳，黑灰色的翅膀，灰色的身體，灰白色的腹部。黑眼睛上面有個白點，還有兩根淡黃色的冠毛，垂在背上。

以前，這一隻暗光鳥，或另外的一隻，總是靜靜地站在水池中圓形的鐵絲柵欄上，一動不動地看著水裏的魚。鐵絲柵欄是用來保護睡蓮的，怕草魚吃掉它。在白天，暗光鳥的視力似乎不好，靜靜的站在那裏，好像在睡覺，從來就沒有看過牠啄到一條魚。

暗光鳥是夜間活動的鳥。放毒是在夜間，中毒的魚，是比較容易捉的。暗光鳥是不是已吃了中毒的魚？

公園裏，還有許多鳥。這些鳥，都不怕人了。現在，已沒有人在公園裏打鳥了。這些鳥，如果是吃了中毒的魚而中毒，可說是意外事件了。

暗光鳥已站穩了，眼睛直望著水池。鳥類的視覺是比嗅覺靈敏多了。也許，牠並沒有中毒。只是因爲水池裏人太多，要找一個合適的地方，來監視水池裏的魚。

暗光鳥停留在茄苳樹旁邊，有一棵鳥屎榕，正在換葉。先是葉苞，再綻出嫩軟的新葉。新葉的顏色，由淡轉濃，好像洗過，充滿著清新的氣息。這是生命嬗變的過程。

水池裏有一隻烏龜，已游到岸邊下面的右蔭下。這是躲避人群的方法。烏龜游動的時候，把頭伸出水面。這樣子，就可以避免沾到毒水了。

吳郭魚，生殖力很強，隨時可以生殖，所以水池裏有各種不同世代的魚。吳郭魚，經過改良，已越來越大了。作爲一種肉魚，牠有很好聽的名字，福壽魚。福壽魚也敵不過毒水，已有不少中毒死亡了。

錦鯉似乎比福壽魚耐命。鯉魚離開水，還能存活很長的時候。秀英還記得以前，物資缺乏，過年時有人送鯉魚，在鯉魚的鼻孔上貼一張紙，就可以活下去。但是，鯉魚也敵不過毒水。

至於泥鰍呢？秀英看看手提的塑膠袋。

「好臭。」

秀美用力搗住鼻孔，似乎已忍不住了。

「怎麼辦？」

秀英看了秀美一眼。

「放進去。」

「放進毒水裏？會活嗎？」

「該活，就會活。這就是生命。」

從生命而言，魚的生命，和人的生命，是一樣？還是不一樣？如果是人，秀美也會這樣說嗎？

人是吃魚的。人的生命，和魚的生命，當然不能等量齊觀。不過，這是站在人的觀點而言的。也是，人和魚做比較而言的。

至於人對人，人的生命眞的那麼受到重視嗎？

剛才，她們從二二八紀念碑的前面經過。紀念碑是不說話的，靜靜地站在那裏。

秀英轉回頭瞄了一下。從水池的這個角度，因爲樹木遮住，是看不到的。

「放進去。」

秀美叫她把泥鰍放進水池裏。

今天，她們是來放生的。難道只要把泥鰍放進水裏就好了？至於魚能不能活，是魚自己的事？這也叫作放生嗎？

秀英知道，秀美的想法和看法，經常和自己的不同。

秀美是個強者，許多方面比自己強。

秀美大自己三歲。雖然只差三歲，卻好像跨了一個時代。秀美和秀英是同一個學校畢業的。因爲差了三歲，秀美是日據時代進去，秀英卻是戰後才入學。秀美說，戰前叫高女，戰後叫高中。這是很大的不同。

秀美說，高女讀五年，高中只讀三年。她沒有把初中的三年也加了進去。那不就六年了？

有一次，有一個唱歌的同伴，自稱是家政女校畢業的。

家政學校只讀三年，自然比不上高女。

「騙人。那個地方，根本就沒有家政女校。」

這是秀美特別追查的結論。她是連這一點。也不肯放過的。

秀美因爲想法不同：做法不同，時常和鄰近的人發生衝突。明的衝突和暗的衝突。

秀美很好強，什麼都學，什麼都參加。唱歌、跳舞、舞劍、舞扇、打拳。她自視很高，喜歡指揮別人，又怪別人不聽她。

有一次，爲了一首日本歌歌詞的讀法，還和同伴爭論了大半天。

「誰不想念故鄉」的「誰」，應該唸「塔列」或「達列」？一般人都唸「達列」，秀美認爲不對，應唸「塔列」。後來，聽了日本人唱的錄音帶，確實唱「塔列」。

「他們都不懂日語。」

秀英知道，有不少事，秀美是對的。只是她的口氣和態度，往往讓對方無法忍受。她會提前退休，其中一個原因，就是時常和同事爭吵，許多同事不敢接近她。

秀美有兩個兒子，都已結婚了。她和兩個媳婦都不和。

婆媳之間的問題，依照秀英的觀察，秀英家是媳婦引起，秀美家的肇因是在秀美。

秀美的大媳婦就說過，高女又怎樣？現在，女博士、女碩士一大堆。不要說留美、留英、留德或留法。留日的也不少。

秀美的大兒子在台南工作。在台南的那個媳婦，已生了一個孫子。他們說，台南是全台灣最迷人的地方。台南的古蹟、台南的人，和台南的吃。好像他們已迷上了府城，決心要做台南人了。

山不動，人動。秀美的丈夫，也就是秀英的姊夫說。他們不回來，他可以去。

他和台南也很有淵源。他是高工畢業，以前就住過台南。高工是日據時代，台灣的最高學府之一，也就是成功大學的前身。

「他們不會歡迎你的。」

結果，他和他們相安無事。

「簡直是墮落，肯去那邊做家奴。」

「我可以天天看孫子。」

「兒子都沒有了，孫子有什麼好看？」

「這就是生命的延續。能天天看到孫子，我很滿足。」

秀美是強者，沒有丈夫，沒有兒子，沒有媳婦，沒有孫子，依然可以生活下去。唱歌不行，可以跳舞。跳舞不行，可以打拳。打拳不行，可以去醫院做義工。做義工，服務弱者，秀美是勝任愉快的。

「生命是有意志的。」

秀美突然冒出了這樣一句話。

生命是有意志的，可以這麼說。不過，生命也是充滿著危險的。那也要看，生命是由誰來決定。由生命本身？由別人？或由更大的力量？

魚也有生命的意志嗎？看著魚在水池裏悠游，誰會懷疑？不過，魚在市場的水桶裏，就很難說了。像今天，一瓶或一包毒藥，一下子可以殺死大量的魚。像這樣，當更大的力量，不懂得尊重生命的意志時，生命就充滿著危機了。

秀英看著水池。目前，這是一池毒水。魚放下去，會活下去嗎？

秀美所講的，生命的意志，又是什麼呢？是指魚，還是指提著魚的人？

離開這個水池不遠的地方，另外有一個水池。那邊，並沒有人放毒。

但是，那邊的水池，是用鐵欄杆圍住。而且，水池邊還豎立著許多水鳥的模型。那些水鳥，全是吃魚的。牠們都虎視眈眈地看著池水。

鳥吃魚，也是生命的意志吧。這時候，魚的生命的意志又是什麼呢？

秀英依然無法做決定。

秀美曾經說過，不要把生命看得那麼重。不錯，生命有時是很脆弱的。這一句話本身，並沒有錯。一個同事，每天清晨，在操場上慢跑，說是想多活幾年，卻突然在慢跑中死掉了。

秀英看得出來，秀美只是心急，並沒有把生命看得很清楚。

放生的重點，是在放？還是在生？

如果是前者，聽從秀美的話是沒有錯的。

如果是後者，這種池水，顯然不是放生的地方。

秀英看著池水。有很多魚已被撈上來了。死的，和接近死的。水中也還有很多魚。活的，還有可能活下去的。水裏的人，就是要把這些魚，抓進塑膠桶裏。不過，有些魚，在池水中還是活得很有力，不容易抓到。

「笨瓜。」

有人在罵魚，罵那些不容易抓到的活魚。那些魚，既然能在毒水裏活過來了，必定是比別的魚有更強韌的生命力吧。

這時，秀英看到水池裏有一條泥鰍，突然冒出水面，爾後打個圈又迅速地鑽了下去，在水面留下一個水泡。這個水泡，又立即消失在攪動的水波裏。

泥鰍是生活在水底裏的魚，是生活在泥土裏的魚。現在，可能水裏的空氣已不足，或毒水的刺激，引起呼吸的困難，鑽到水裏來吸取一點空氣。

以前，她們住鄉下，有一條灌溉用的圳溝。一到冬天，農閒期間，就會斷水。水開始發臭，變黑。所有的魚都死掉，包括鯉魚，只剩下泥鰍，在水裏鑽上鑽下。最後，連這些泥鰍也看不到了，只剩下死寂的臭水。

泥鰍算是最耐命的，卻不是絕對的。

一秒、兩秒、三秒……秀英看著泥鰍沉下去的地方，看牠經過多久，能再浮上來。這是空氣稀薄時，測驗泥鰍耐力的辦法。

泥鰍並沒有再浮上來。這是說，牠可以耐住，還是已無力再浮上來？

有的魚，死了會浮上來。有的魚，像泥鰍，就是死了，也永遠沉在水底。

水池裏，依然有很多人，叫嚷聲依然不斷。還有那股強烈的臭氣。

「妳不是來放生的？」

臭氣加上陽光，看來秀美已忍受不住了。其實，忍受不住的，並不只是秀美一個人。

但是，秀英還是無法決定。

有些人走了，另外又有新來的人。水池的四周依然圍著不少人，彎背的石橋上也站滿著人。水池四周的樹木，依然閃爍著強烈的光。

茄苳樹上的那一隻暗光鳥，還在那裏。牠已站穩了，如果不是剛才看牠飛上去，一定不會知道那上面有一隻暗光鳥。牠的眼睛，是朝向著水池的。

橋和樹過去，在公園外，是重新改建的三葉莊的高樓。白色的牆，藍色的玻璃，沐浴在陽光下，反映出耀眼的光。

秀英還記得，差不多已五十年了，秀美曾經帶她來過這個地方。那時，她剛考上了台北的女中，秀美帶她來喝冰紅茶。那是她第一次喝冰紅茶。在那時候，這算是一大享受了。

到台北讀女中，喝冰紅茶，眞是充滿著優越感。

在三葉莊的對面，在另外的高樓後面，浮起一架高大的起重機。可能有人在蓋更大更高的大樓了。這個地區，也在加速改變中。房子，也有生與死嗎？

秀英把視線收回來。

水池四周，依然漾著強烈的臭氣。那是死的味道。水池邊，水池裏，還有許多人在忙著救魚。死魚卻越來越多，一堆一堆的堆在水池邊。太陽照著死魚，臭味也越來越強烈。

秀英看著水面，依然沒有看到泥鰍的影子。難道這個水池裏，只有那一條泥鰍？

那是不可能的。既然有一條，就不可能只有一條。其他的哪裏去了？

是在水池裏好好的活著，或者都已死掉？是哪一邊？也許兩邊都有吧。

秀美一直看著她，是在催她吧。

十幾條泥鰍算什麼？

但是，十幾條泥鰍，卻有十幾條生命。大魚有大生命，小魚有小生命。大生命，和小生命，不都是一樣的生命嗎？

不過，從下水救魚的那些人的動作，救大魚，似乎比救小魚優先。

但是，不管是大魚，或者是小魚，生命都應該有意志的。生命的意志，都是一致的。

秀英本來是去買魚。魚販隨手一抓，抓了十幾條泥鰍送給她。她看魚販抓魚的時候，就曾經想到，爲什麼是這些泥鰍，而不是另外的泥鰍。她還看到，有些泥鰍，魚販已抓上來了，又滑回鋁盆裏。

這十幾條泥鰍，如不是由她帶出來，早晚會被人吃掉的。和其他留在魚販的鋁盆裏的泥鰍，包括溜回去的一樣，一口一條。

但是，這十幾條泥鰍，被帶回來了，牠們就不同於其他的了。同樣的魚，同樣的生命，碰到了一個分岔點，就完全不同了。

生命，是不是也有它的不確定性？

今天她們來到公園，就是爲了放生。

放生是儀式，還是實質？這個問題，秀美是否想到？

放生，是不是把一些活物放回到牠們生存的環境，就算完成了？

很多人認爲，這就是放生，所以他們去放生。

很多人認爲，放生是拯救生命，是一種功德，所以他們去放生。

秀英就有好幾個同事，一碰到疑難，就去問神，就去放生。

可是，有些活物，像小鳥，因爲在家裏飼養太久，已失去覓食的本能，一旦把牠們放回大自然，不但不能救牠們，反而是害了牠們。

「我們到別的地方。」

秀英自己，對那強烈的臭氣，也有點支撐不住了。

「什麼？」

秀美睜大著眼睛看她，也可以說是瞪著她。

秀英今天出來放生，完全是爲了媳婦。她並不期待，救了幾條魚，就可以換回一個人的生命。她來放生，只是認爲人以外的生命，也是生命。放生，是對於人以外的生命的尊重。

她不敢想，今天的作爲，就可以保全媳婦的生命。但是，基於尊重生命的心意，她可以期待媳婦能完完全全的復元。

「讓我來吧。」

秀美突然把秀英手中的塑膠袋搶了過去。

「妳做什麼？」

秀英立即伸手把塑膠袋搶了回來。

「倒，我自己倒。」

秀英對自己說，把十幾條的泥鰍全倒進水池裏。今天的事，如果有人必須承擔，應該是她，而不是秀美。

魚已全部鑽進水裏了。

所有的人，都想把水池裏的魚撈上來，只有她把魚倒進去。有兩三個旁觀的人，轉頭過來看了她一下，又轉回水池裏。

「會活嗎？」

秀美反過來問她。

秀英看著泥鰍沉下去的池水，輕輕的搖了搖頭。表示不知道。泥鰍比其他的魚耐命，卻不是絕對的。

「爲什麼呢？」

秀美顯然誤會了她的意思。

「也許……」

也許，有幾條可以活下來吧。不過，秀美並不期待任何回答。

「我們走吧。」

秀美說，拉了她一下。

她們走向剛才走過來的路。

太陽依然強烈的照著，強烈的臭味依然衝進鼻孔。不過，離開水池較遠以後，似乎有點淡薄了。

所有的生命，都是朝著一個方向前進的。

她看著二二八紀念碑。當時，有些人如果沒有遇害，現在也已九十歲，一百歲了，也大概不在人間了。

「不。」

她不能這樣想。

「妳有沒有想到，妳的媳婦復元以後，如果再搬出去？」

「我有想過。我還是很希望她完全復元。至於他們是否搬出去，也只好聽其自然了。」

一九九七年

國家圖書館出版品預行編目資料

玉蘭花：鄭清文短篇小說選2／鄭清文著．
-- 初版．-- 臺北市；麥田出版；家庭傳媒
城邦分公司發行，2006〔民95〕
面： 公分．--（麥田文學；198）

ISBN 986-173-073-7（平裝）

857.63 95006725